月が導く異世界道中

Tsukiga Michibiku Isekai Dochu

あずみ圭

Azumi Kei

15

主な登場人物
識（しき）
元は「リッチ」と呼ばれる骸骨型のアンデッドモンスター。真と契約したことで人の姿となった。真の教科書などから独自に学んで広範な知識を身につけている。
深澄 真（みすみ まこと）
本作の主人公。親の都合で異世界へ召喚されちゃった悲運な高校生。最近各国重鎮との面会に忙しい。
巴（ともえ）
元は「蜃《しん》」と呼ばれた竜。真と契約したことによって人の姿を得た。念願の温泉開発にあたって、並々ならぬ拘りを見せる。

チヤ
リミアの勇者響《ひびき》の
パーティーに
同行している
ローレルの巫女。
人の本質を見る
能力がある。
澪(みお)
元は巨大な蜘蛛。
真と契約して、人の姿を得た。
意外にも温泉に
興味がある様子だが、
本当の狙いは……!?
ルリア
エヴァの妹。
以前は料理屋「ゴテツ」で
働いていたが、
姉を支えるべく
食料面で貢献する。
エヴァ
中央ロッツガルド学園の
図書館で司書を
務めていた女性。
今はケリュネオン再興の
ために奔走している。

魔族領
ケリュネオン
ステラ砦
王都ウル
帝都ルイナス
リミア王国
グリトニア
帝国
学園都市
ロッツガルド
アイオン王国
ボズダ
ロビン
ローレル
連邦
ツィーゲ
ナオイ
黄金街道
果ての荒野
月が導く異世界道中
Tsukiga Michibiku Isekai Dochu
世界地図

1

「今、なんと仰《おっしゃ》いましたかな、ヨシュア様？」

リミア王国の第二王子が口にした予想外の言葉を受け、ホープレイズ家当主アルグリオ＝ホープレイズが聞き返した。

「隠居されてはいかがですか、と申し上げました。ホープレイズ卿《きょう》」

しかし相手から返ってきたのは先ほどと変わらぬ言葉だった。

ライドウこと深澄真《みすみまこと》ら、クズノハ商会一行がリミアを去る日。

王国南部に位置するホープレイズ家の屋敷には〝客人〟がいた。

アルグリオはその客を迎える準備のため、ライドウらが王都にいる間に一足早く自らの領地に帰ってきていた。

わざわざそんな事をせずとも、皆が王都に滞在しているうちに席を設ければ簡単に済んだのに――と、ライドウなら考えそうな、非合理的な行動だ。

しかし、リミア王国では、貴族や王族が面会する際、どちらが訪ね、どちらが迎えるかなど、面倒で細かな慣習や決まり事が多い。

ヨシュアと、その護衛《ごえい》という名目で同行しているリミアの勇者――音無響《おとなしひびき》の二人も、内心では
それらが面倒で、無駄《むだ》だと思っている。
それでも今回は、ヨシュア達の方から事を荒立てるべきではないと考え、二人はライドウらより
も少し早く王都を発《た》ち、ここでクズノハ商会一行を見送るという体《てい》でホープレイズ領を訪れていた。
今この場にいるのは、アルグリオとヨシュアの二人きり。勇者響や、ホープレイズ家に仕《つか》える兵
士などは応接室に待機している。
重苦しい沈黙《ちんもく》を破り、アルグリオが口を開く。
「……どうやら、冗談ではないご様子。しかしヨシュア様、突然どうして斯様《かよう》な話を？　私には隠
居はまだ早《はよ》うございます。無論、いずれは戦場に出ておる息子のオズワールに家督《かとく》を譲《ゆず》る事になり
ましょうが」
「王家の方針として、ライドウ及びクズノハ商会への悪意ある接触は禁じると、以前お伝えしたは
ずです。しかし卿《けい》はそれに背《そむ》き、自領内で彼らの命を狙った。ロッツガルドでの御子息イルムガ
ンド乱心の件での失態といい、大概情けないものがありますよ？　しかし、困りましたね。相当な
金を方々へばら撒いたようですが、もはやそれで済む問題ではないとお気付きではなかったのです
か？　卿もそれなりのお覚悟をお持ちで彼らに手を出したのだと私は考えておりましたけれど……」
ヨシュアには自身の言葉を撤回《てっかい》する様子など微塵《みじん》もない。
「背いてなどおりませんよ。ライドウには一切手を出しておりませんし、今回のリミアへの招待で、

当家は領内の滞在を許可し、宿の提供もいたしました。方々への金のばら撒《ま》きと仰ったが、あれは……愚息《ぐそく》の不始末への謝罪も兼ねて、ロッツガルドと周辺地域へ、そしてリミアにおいては王都の早期復興を願う謝意と善意の寄付。失礼ながら、ヨシュア様の邪推《じゃすい》と言わざるを得ません。とはいえ、私には報告が上がっておりませんが、ライドウ氏が命を狙われるような事があったとするのなら、これは確かにこちらの不始末。謹《つつし》んで謝罪いたします。もっとも、それとて私の進退がどうという話には結びつかぬものと確信しておりますが」

「卿と子飼いの貴族数名が共謀《きょうぼう》して実行した数々の愚行、既に露見《ろけん》し裏も取れております。クズノハ商会がこちらに宿泊した際、明らかに殺害する意図のもと、暗殺者を差し向けましたね？　証拠が必要だと仰るなら、後日お持ちしましょう」

確信を持ったヨシュアの言葉だった。

「……」

事実であるがゆえに、アルグリオは沈黙を強《し》いられる。

アルグリオにとっては面白くない時間であったが、それは同時に彼が鼻が利《き》く男であるという事も意味していた。

彼はヨシュアの持つ情報、その根拠が単なるハッタリではないと即座に判断したのだ。だから反射的な反論は一旦やめ、相手の出方を見る事にした。

「クズノハ側はいとも容易《たやす》く返《かえ》り討《う》ちにして終わったようですが、当然ながらリミアとしては大問題です。貴方が領地に迎え入れた暗殺者どもは大陸を股にかけて暗躍《あんやく》していた名のある者ばかり。王家の意向を無視したばかりか、国際的な犯罪者を積極的に雇って私刑を行おうとするなど、貴族の名に恥じる行為と言わざるを得ません」

「……ヨシュア様、それは少し酷《ひど》いではありませんか。何事にも建前《たてまえ》や順序がございます。私は貴方から暗黙《あんもく》の了解を得られたと判断したからこそ、無礼者どもにそれなりの対処をしようと動くに至りました。王の補佐をされているヨシュア様の了解は、即《すなわ》ち陛下の了解。まさか以前この件でご相談に伺《うかが》った事実そのものを否定なさるおつもりですか？　それは道理が通らない。そうでしょう？　あの場には、我々だけでなく数名の貴族が同席しておりましたぞ？」

「さて……私にはクズノハ商会を仕留めろと命じた覚えも、そのような愚挙《ぐきょ》を認めた記憶もありませんね。まして、見て見ぬふりをする約束などするものですか。私の了解？　あの場で貴方がたが口にしていた下らない与太話《よたばなし》を聞き流した事を仰っているなら、見当違いもいいところです」

「あくまでお惚《とぼ》けになると。これはまた、随分《ずいぶん》と露骨《ろこつ》な仕打ちをなさいますな」

「王家が礼を述べるために招いた商会への悪辣《あくらつ》な仕打ちこそ、随分なものでしょう。……卿ならば、これ以上言葉にするまでもなく、私の意図は伝わっていますね。どうぞ、隠居なさってください。ご長男に家督を譲り、政治の表舞台から消える。貴族の当主としては、極めて平穏で望ましい身の引き方ですよ」

ヨシュアはにこやかな表情で大貴族に引退を迫った。

ライドウらを襲撃した暗殺者はいずれもアルグリオらの手による者であり、誰が誰を雇ったという詳細な証拠まで、既にヨシュアの手の中にある。

万が一この一件が露見したなら、ホープレイズ家といえども領地の切り取りや降格は免《まぬが》れない大失態だ。

当主交代だけで他にお咎《とが》めなしだというなら、彼らにとっては悪くない取引でもある。

だがしかし。

クズノハ商会が関わる以上、アルグリオとて容易くは頷《うなず》けない。

彼にとってクズノハ商会は、次男イルムガンドを間接的に殺した相手だ。またしてもライドウ達にかき回されて、ホープレイズ家だけが痛い目を見るなど、有《あ》り体《てい》に言って酷く不愉快だった。

「なるほど、本当にこの私を排除《はいじょ》するというのですか。しかし、良いのですか、ヨシュア様」

だから、アルグリオは切り札を出す事にした。

王子の秘密という、とっておきの切り札を。

本来ならこんな場で切るようなカードではないのだが、クズノハ商会への私情が、彼の判断を少しだけ狂わせた。

ヨシュアにとってはある意味思惑《おもわく》通りの展開であり、アルグリオは王子の策に自ら飛び込んだ形だ。

彼とて、既に子飼いの貴族は説得されるか無力化させられ、外堀は埋められているだろうと推測している。それでもなお、彼は抗《あらが》う道を選んでしまった。

「……何がでしょうか？」

「私は貴方が必死に隠しておられる事を存じ上げております」

そのにこやかな表情を歪《ゆが》ませてみせろとばかりに、アルグリオはヨシュアを正面から見据《みす》える。

しかし、ヨシュアのリアクションは彼が想定していたのとはまるで違った。

一瞬、侮蔑《ぶべつ》に似た笑みを口元に浮かべ、ヨシュアはふと視線を上に泳がせる。

「……ああ、そういえば」

「？」

「言い忘れておりましたが、ご長男のオズワール殿、先日戦場で大怪我をなさいましてね。現在城にて全力を尽くして治療中です」

「っ⁉」

「体の欠損は酷く、毒にも侵されていて危険な状態ですが、良くなる事を祈っております」

「馬鹿《ばか》な！　そんな知らせは一切聞いていない‼　それに、私はつい先ごろまで王都にいたのだぞ⁉　何故報告すらない！　ありえんだろう‼」

「ええ、まことに申し訳なく。クズノハ商会の件で色々と報告が遅れていたようです。きっと明日か明後日にはこちらにも一報が届くかと。そう、ちょうどクズノハ商会がここを通る頃かもしれませんね」

「‼　命は、命は助かるんだろうな⁉」

アルグリオは血相《けっそう》を変え、言葉遣いも気にせずヨシュアに詰《つ》め寄《よ》る。

イルムガンドを失い、ホープレイズ家の跡取りはもう長男のオズワールだけだ。

彼を失えば親族から養子を迎えるか、これから子作りと教育を一からしなくてはならない。

どちらもアルグリオにとって晩節《ばんせつ》を汚《けが》す失態であり、家を守り、血を守るのを第一とする貴族にとって、絶対に避けたい悪夢である。

アルグリオが交渉の最中に取り乱すのも致し方ない、それだけの威力を持った爆弾だった。

「一応、良い方には向かっているようですが」

「そんな曖昧《あいまい》な返事など求めておらん！」

「……卿がよろしければ、確実な一手をもって、オズワール殿を完治させるとお約束できますが――ああ、そう」

「？」

「私の秘密がどうとか仰ってましたね。なんの事でしょう、是非お伺いしたいものです」

わざとらしいヨシュアの言葉を聞き、アルグリオの口から憤怒《ふんぬ》の声が漏れる。

「ヨシュアァァ……」

「条件をいくつか呑《の》んでいただければ、きっと元気なご子息と再会できます。そうでなければ家督の話などしませんよ。冷静に、大貴族ホープレイズの名を負う者として、正しい判断をなさると信じていますよ、ホープレイズ卿」

「……」

驚愕《きょうがく》と怒りと焦《あせ》りの中、それでもアルグリオはヨシュアへの認識を大きく改めていた。

彼の知るヨシュアは王の忠実な補佐役。

王位継承権を放棄した上で兄のベルダを全力で支援し、良好な関係を築いている、極めて温厚な人物だった。

ヨシュアが密《ひそ》かに政治の汚れ仕事を請《う》け負《お》っているなどという情報は、一切聞いた事がない。

しかし今、アルグリオと対峙《たいじ》しているのは間違いなくそのヨシュアであった。

城内の政治だけで得られるとは思えない狡猾《こうかつ》な一面。初めて目にする王子の知らない顔に、アルグリオは自らの窮地《きゅうち》を悟った。

だが、既に王子の秘密を知っていると口にしてしまっている以上、言わずに終えても、言ってしまっても、結果は同じだ。

むしろここで言わずに終われば、別の不利を招きかねない。小さな利でももぎ取らなくては、ヨシュアへの最大の切り札を使った意味がまるでなくなってしまう――アルグリオはそう考えていた。

見事に相手の思い通りに動かされている。

ヨシュアとて、通常なら王族に次ぐ地位を持つホープレイズ家の当主をそう簡単に操れはしない。

万全ともいえる手札を揃《そろ》えられたからこその攻勢だった。

だから……ヨシュアもまた、自らの〝小さな失態〟に気付いていなかった。

この場を望む形で乗り切る事に全力を傾けていた点を考えれば、仕方なかったのかもしれない。

ホープレイズという家名と、それがアルグリオにとってどれだけの価値があるのか、それを正確に把握《はあく》しきれなかったがための小さなミスだった。

「そちらからお話がないようでしたら、ご返答を。ご長男の回復を待って隠居してくださいますね、ホープレイズ卿」

「ある」

「……どうぞ」

「ではヨシュア王子、いえ王女様」

「……」

「陛下が市井《しせい》の女に産ませた女が、いつの間にかベルダ様の弟君になっておられる。側室の子ならまだしも、貴族ですらない者の卑《いや》しい血を持つ貴方がだ」

ヨシュアは黙ってアルグリオの言葉に耳を傾ける。

「この件が国内に遍《あまね》く知れ渡れば、ヨシュア様にとってよろしくない状況になるのは明白。民衆は王や貴族という特別な血を崇《あが》めるのです。己《おのれ》と同じ血の王女を――それもこれまで国中を騙《だま》して王子として振舞《ふるま》ったヨシュア様など、決して認められるわけがありませぬからな」

「……」

「どうです？　ここはお互いに上手《じょうず》にやるというのは。私は当面隠居をしませんが、時が来れば速やかに家督を息子に譲る。ヨシュア様は以後当家にいらぬ干渉《かんしょう》をなさらない。そうすれば、王子の秘密は誰にも漏らす事なく墓まで持っていくと誓《ちか》いましょう」

「……ふ」

　ヨシュアの口元がわずかにつり上がる。

「ヨシュア様？」

「うふふ、あはははっ！　墓まで持っていく？　こうして脅《おど》しのカードとして使ってみせた卿が？　微塵も信じられない言葉を一体なんの交渉に使おうというのですか！　良いでしょう、もはや己がどれほどきつく縛《しば》られているかも理解できていないのなら……暴露《ばくろ》でもなんでもしてみなさい」

「……正気を、疑いますな。断言します、ヨシュア様は絶対に無事には済みませんぞ」

「手札にもならぬものになお縋《すが》るとは、哀《あわ》れなものですね」

「っ」

「仰る通り、私は女です。そして母は庶民です。ホープレイズ卿の情報は正しい。確かに、この情報が漏れれば王都は混乱するでしょうし、リミアは諸国、そして魔族に大きな隙《すき》を見せる事になります」

「……よく状況が見えておられる。そうですとも。だからヨシュア様は私のささやかな提案を呑むしかない、違いますかな？」

アルグリオの言葉の前にあったわずかな間を、ヨシュアは見逃さなかった。

「一瞬の躊躇《ちゅうちょ》が全てを物語っています。私も卿も、その更に先まで見えています。私が女であるという情報が世界中に知れ渡って一番困るのは、私達王族と、貴方がた貴族じゃありませんか」

「王家の問題ではありますが、我らの問題ではないかと」

「分かっておいでのくせに。戦争のない時代、平和な世ならこの情報の価値は凄《すさ》まじかったでしょう。ですが世界規模で種族間戦争が勃発《ぼっぱつ》している情勢下では、その価値は半減します。劣勢を強いられている今は特に、ね」

「……」

「ちなみに、万が一暴露された場合、私は情報の出所がホープレイズ家であると、明らかにしますよ」

その言葉を聞き、アルグリオがわずかに眉をひそめた。

「周辺国家はリミアの領土を狙って動くでしょうね。魔族も混乱に乗じるかもしれません。グリトニア帝国の勇者は私が女だと知れば、その魅了《みりょう》の力で掌中《しょうちゅう》に収めようとするかも。ローレル連邦は巫女《みこ》を取り返そうと、外交だけではなく竜騎士まで出してきても不思議ではありませんね。四大国とて仲良しこよしではありませんし、ヒューマンは一枚岩ではありませんもの。さて、そんな混乱を生んだ私とホープレイズ家は、一体どうなるでしょうね？」

「……現実はどうあれ、未だに多くのヒューマンは魔族如《ごと》きとの戦争で負けるはずがないと、勝って当然だと信じているから、か」

アルグリオは声を絞《しぼ》り出《だ》すように呟《つぶや》いた。

彼は決して無能な男ではない。無能者に大貴族の当主など務まらない。

魔族相手の戦場に幾度《いくど》も立っているし、この戦争が種《しゅ》の生き残りを懸《か》けた深刻な戦いである事を理解している少数の一人だ。

だからこそ、次男イルムガンドに指揮《しき》、戦闘能力の両方を高いレベルで身につけさせるために、わざわざ国外のロッツガルド学園へ出した。青臭い理想を口にしてはそれに酔う傾向があったイルムガンドには戦場で働いてもらい、代わりに長男オズワールを戦場から戻して後継ぎとしての教育を施《ほどこ》す。ある意味非情な決断でもあった。

「ええ。ただ、卿をはじめ大勢の貴族相手に大鉈《おおなた》を振るうのです。近々、一定以上の地位にある方にこの秘密について明かし、城を去って王族の地位を捨てる準備をいたします。つまり、皆様と私で相打ち、という図式で収めましょう。どうですか？」

ヨシュアの口から出たのは、意外な言葉だった。

貴族と王族が権力争いに終始する今のリミアを変えるために、ヨシュアは響と共に動いてきたというのに。

「道半《みちなか》ば――いや、まだ始まったばかりの改革を、投げると？」

「どの道、大きな改革を成《な》し遂《と》げるには、私という存在は危《あや》ういですから。だからこの国を変えていく主役は既に別の、相応《ふさわ》しい人物にお願いしています。それに、私の性別を明らかにする事はデメリットばかりではありません。円満に推移すれば、ベルダも次の王としての覚悟を決めてくれるでしょう」

「……勇者、響か」

確かに、ここまでのやり取りは物騒《ぶっそう》で、重大な話題であった。

だが勇者を護衛につけるほどでもない。

にもかかわらず、響が護衛の名目でヨシュアに同行した意味を、アルグリオは深読みする。

「さあ、それは舞台上からではなく、客席からご確認いただければ」

ヨシュアは終始慌《あわ》てるでもなく、自身の進退でさえ淡々《たんたん》と語った。

血筋も性別も、本来王の傍《そば》に仕える事すらできぬ立場であると理解している。ヨシュアの口ぶりから、その意図は十分にアルグリオに伝わっていた。

そして、どう切り返されても、何を仕掛けられたとしても、結果は相打ち以上で終わらせるという確たる決意も。

しばしの空白の時間を過ごした後。

アルグリオは一転憑《つ》き物《もの》が落ちたような晴れやかな表情になり、ヨシュアと同じく穏やかな口調で切り出した。

「……ふっ、負けですな。いや、参りました。まさかこれほど鋭《するど》い牙《きば》を隠し持っておられるとは。

完敗です」

　敗北宣言だった。

「ご理解を得られて嬉《うれ》しいです、ホープレイズ卿」

「なに、儂《わし》も既に相当な爺《じじい》です。ちょうど良いセカンドライフの切っ掛けと考えましょう。誰かに門出《かどで》を喜んでもらえるのなら、まして王子にそうしてもらえるのなら願ってもない事。まあ、隠居暮らしの餞別《せんべつ》に一度ダンスにでもお付き合いいただければ、文句などありませんな。無論、女性役はヨシュア様で」

「その程度でしたら、喜んでお相手させていただきます」

「で、オズワールの治療と引き換えに、ヨシュア様は儂に一体何をお望みになるので？」

「ああ、その事ですか。簡単ですよ。〝彼ら〟への助力を願うにあたって、相応しい態度をとるように。ただそれだけです」

「……まさか」

「ええ。この札は切らずに終わりましたが。御子息は右腕を失っておられます」

「!?」

「しかし、治せるそうですよ。彼らなら」

「……彼ら。クズノハ商会が、という事ですか」

　アルグリオの表情が苦々《にがにが》しいものに変わる。

だが彼にもう選択肢は残されていない。

オズワールを失うという道は、アルグリオには選べないのだから。

「クズノハ商会の干渉で完治するくらいなら隻腕《せきわん》の当主でも構わないというのであれば、今からでも方針は変えられますが？」

「八方塞《はっぽうふさ》がり、雁字搦《がんじがら》めとはこの事か。なるほど、絶対の勝機を見出《みいだ》したからこそ、いきなり儂の所に来られたのですか。いや、恐ろしい方だ。クズノハ商会の方々にはくれぐれもよろしくお伝えください」

「確かに伝えましょう。では、話もまとまりましたので、私は一旦失礼いたします。また、後程」

ヨシュアからすれば、万々歳《ばんばんざい》の結果だ。

ホープレイズをクズノハ商会で釣《つ》り、かつクズノハ商会に今後手出しをしないという約束も取り付けた。

そして、厄介《やっかい》な権力者アルグリオ＝ホープレイズを引退に追い込んだ。

だが……話はここで終わらなかった。

「いや、考えてみればクズノハ商会は凄まじい連中ですな。聞けば、王都でも幹部の女性が片手間で瓦礫《がれき》の多くを片付けてしまったとか」

アルグリオが好々爺《こうこうや》の仮面を張り付けたまま、口を開いた。

ヨシュアの小さなミス。

それは、アルグリオに自分がリミア王国最大の貴族ホープレイズ家の当主であると改めて自覚させてしまった事だ。

長きにわたり王家と並び立つ、リミアの歴史そのものですらある貴族なのだと。

「……ええ、おかげで復興が成るのも大分短縮できそうです。ですからリミアは国としても彼らとの敵対を望みません」

「ごもっともです。そして今回、暗殺など企《くわだ》てた当家の愚息のため、治療にも貢献《こうけん》してくださると」

「……」

「伝言での礼などでは、先方にいかにも失礼というものですな」

「……彼らは外国の商会、さほど礼節には拘《こだわ》りませんよ」

「いえいえ！　既に引退を決めた爺だからこそ。きちんと謝罪し、お礼を直接伝えるのが貴族の礼節というもの」

「……今なんと？」

「ちょうど明日にも彼らは領内を通るのだとか。このアルグリオ、クズノハ商会を全力で歓待し、土下座をしてでもこれまでの非礼を詫《わ》びる所存にございます。構いませんな、ヨシュア様。彼らとの関係は国としても重要な関心事なのだと、たった今、御自《おんみずか》ら仰ったのですから」

「ホープレイズ卿、貴方は……」

「敵対や妨害などいたしませんとも。ですので、何卒《なにとぞ》同席はご遠慮いただきたく。なに、王族がこれほどまでに大切に扱う方々ならば、ホープレイズ家もまた同様に賓客《ひんきゃく》としてもてなすのが当然。今更ながらそう考えただけです。いけませんな、年を取ると耄碌《もうろく》する。オズワールに家督を譲るのも、適切な時期だったと言わざるを得ません。はっはっは」

「――っ、先方のご迷惑にだけはならぬよう配慮を願います」

「はっ、お任せを」

一瞬覗《のぞ》かせた苦々しい顔を笑顔で覆い隠し、ヨシュアが立ち上がる。

アルグリオもそれに負けぬ笑顔で立ち上がり、王子を見送った。

◇◆◇◆◇

「お疲れ様、ヨシュア」

アルグリオとの面会を終えたヨシュアを、別室で待っていた響が労《ねぎら》う。

「ええ、疲れました。ですがホープレイズ家は家督を譲る流れで決着しました。これで古い体質にしがみつく貴族の派閥《はばつ》に、大きな亀裂が入るでしょう」

「まともな考えをした貴族なら、多くの貴族を味方につけた王家の意向には逆らえない。あとは外部からの干渉に目を光らせておけば、自然と彼らの力も削《そ》がれていくわ」

普段響が王子に向けている敬意は鳴《な》りを潜《ひそ》め、二人の間に流れる空気は親しい友人や同志のものに変わっていた。

「響の考えに感化された若い貴族が後継ぎになる家も多い。捗《はかど》りますね、これからは」

「で、あの老人はどうだった？」

「……」

一瞬押し黙ったヨシュアを見て、響が首を傾《かし》げる。

「ヨシュア？」

「思ったよりもこちらの札は切りませんでしたね。クズノハ商会に対する悪行《あくぎょう》の証拠を押さえている事、長男オズワールが重体で治療中である事、その治療にクズノハ商会を噛《か》ませるから手出し無用だと言う事、それから私が女である事。話したのはそのくらいですね」

「貴方の秘密より、ここの不正蓄財で攻めた方が良かったんじゃない？」

「向こうから切り出してきたので、返さざるを得ませんでした。暴露はリミアの利にはならないし、そちらもタダで済まないとね」

「ご老人、やはりもう退陣すべきよね。手札にならない事も理解できずに話すんだから」

響が呆《あき》れたようにため息を吐く。

「彼もある程度分かってはいたみたいですよ。そうせざるを得ない状況に追い詰めた、私の調子が少し良かったようです。既にある程度の腰巾着《こしぎんちゃく》の貴族を潰《つぶ》してある事を匂わせたのも効果があったのかもしれません。ほぼ、想定内の結果に終わりました」

「……ほぼ？」

「……流石《さすが》は大貴族とでも言いましょうか。何やらまだ企《たくら》んでいる様子があります。負けを認めたような晴れやかな顔をして引退を了解したくせにね」

「老獪《ろうかい》、か。厄介ねえ」

「明日、ここを通るクズノハ商会を引き留めて、一連の不始末の謝罪と、歓待をするそうです。王族も賓客として扱う方々なのだから、ホープレイズもそれに倣《なら》うべきだろうと。数々の非礼に直接謝罪したいのだそうで」

「ちょ、まずいわよ。彼らを下手に刺激する事になったら、魔族との戦争どころじゃなくなる可能性だって」

「我々の同席はご遠慮願う、と」

「何それ、明らかに不審じゃないの！」

「……盛大に土下座をするから恥ずかしくて見せたくないそうですよ、ホープレイズ卿は」

「どけ……ざ、って。前言撤回、無茶苦茶厄介な爺様じゃないの」

響は心底嫌そうな声音で前言を翻《ひるがえ》した。

老獪という言葉に相応しく、アルグリオはその場を綺麗《きれい》に取《と》り繕《つくろ》い、かつ、頷かざるを得ない言い訳でヨシュアや響抜きでクズノハ商会と会おうとする。

現時点でその意図を読み切る事など到底不可能だが、響達に都合が良い流れだとは思えない。

「その通りです。激昂《げきこう》させたまま折ろうと思っていたのですが、急にしなやかな対応に変じました。あれでは油断などとてもできませんよ。まだ蠢《うごめ》いてやると宣言された気分です」

「面倒な……。長男って逃げ道を残しておいてやっぱり正解だったわね」

響の言葉にヨシュアも頷く。

「ホープレイズ卿がもう一人の息子まで失っていたら、私と彼はまさしく相打ち——国を巻き込む大混乱の中に落ちていたでしょう」

「一瞬、オズワール殿にはあそこで死んでもらって、当主が死ぬまで待つ長期戦も考えたんだけどね。でも、ホープレイズレベルの大貴族なら、子種なんてそこら中に撒き散らしているでしょうし、親族を含めて後継ぎなんてぽこぽこ出てくる。そう思ったから、長男を助けて恩義を感じさせる方にしたのだけど」

「大正解でしたよ、響。彼は実子に家を継がせる事に強く執着していました。親族への継承など、絶対に禍根を残す事態になっていたはずです」

「ついでに愛人の子も出てきて大騒ぎ——って、なるんじゃやないの？」

響は冗談めかしてそう言ったが、意外にもヨシュアは首を横に振った。

「……それはアルグリオ＝ホープレイズという御仁《ごじん》を侮《あなど》りすぎですね。確かに彼は愛人も多く、血を引く子も数多《あまた》いますが」

「あのさ、その話を聞くと更にあの老人への評価が落ちるんだけど。むしろ過大評価していた気分になる」

「ですが、それは周知の事実。後継ぎとして認めている実子はオズワールとイルムガンドだけなんですよ。死んだイルムガンドと、戦場にいたオズワールだけ。愛人に子供ができたら、十分すぎる手切れ金を渡してさっさと捨てていましたからね」

「……」

アルグリオの非情な行為を、大した事でもないように淡々と話すヨシュア。

響は何も言わなかったものの、愛人を次々に捨てる彼の振舞いは決して褒《ほ》められた行いではないだろうと、微妙な反応を示した。

「捨てられた子のうち何人かは、血縁を武器にホープレイズ家に入り込もうとしましたが、ホープレイズ卿は例外なく母子共々始末しています。遊びは遊びにすぎず、家を継ぐ子は確かな血筋の者に。愛人が子を産むところまでは認めても、家に関わろうとしたり過ぎた野心を持ったりするのは決して許さない。厳然《げんぜん》としたものですよ」

「なら、最初からそんな遊びをするなと言いたくなるけどね。まあ、ホープレイズの家を守る事について徹底しているのはよく分かったわ。私に言わせれば、病的なまでの血筋への拘りね」

「良くも悪くも彼は貴族ですから。あれで従順な民には寛容《かんよう》な主で、無法な真似も少ない。不作の年には税の減額や支払いの猶予《ゆうよ》などをしますし、領民が増えれば身銭を切って耕作地の開墾《かいこん》を行ったり仕事を用意したりしています」

「……ただし、国に納めるべき税を誤魔化《ごまか》し、切った身銭も結局は民から出た税金で、全ては彼が私腹を肥やすためのもの」

「……ですから、良くも悪くも、なのですよ。現実的にはリミア王国の広大な領土を、王族と役人だけで管轄《かんかつ》する事は不可能です。事実、ホープレイズ領は数ある豊かな貴族領の中でも暮らしやすいと評判で、ホープレイズ卿は優れた領主だと評価されているのですから」

リミアにおいてホープレイズ領は豊かで寛大な領主が治める、国民にとって人気の領地である。

当然、入ってくる民は多く、出ていこうとする民は少ない。

人々が従順である限り、アルグリオは彼らにそれなりに報《むく》いる統治をしていたからだ。

もっともそれは響が考えるように露骨な搾《さく》取《しゅ》か、巧妙《こうみょう》な搾取かの違いでしかないが。

とはいえ、そんなホープレイズの影響下にある土地では、クズノハ商会の評判は悪い。

商会について、ある事ない事、尾ひれがついた噂が流れていた。どの話の中でもクズノハは悪、ホープレイズは善で統一されている。

住まう民衆にとっては問題のない、むしろ自分達の事を考えてくれる優れた領主様――アルグリオが悪になるわけがない。

それに、不正を働き過少申告しているといえども、王家に納めている税金の額は他のどの領よりも多い。そのホープレイズと敵対する商会など、たとえ王家の招待であっても、歓迎しない貴族や民衆が多いのは当然だ。

響とヨシュアはそれを、リミアに蔓延《はびこ》る貴族至上主義の古い体質を破壊する一手として利用した。ライドウへの襲撃はもとより、リミア滞在中に彼らに対して負の行動を取った輩《やから》をことごとく割り出し、それまでに揃えた不正の証拠と併《あわ》せて多くの貴族を沈没させていった。

端的《たんてき》に言えば、クズノハ商会を餌《えさ》にしたわけだ。

商会の密偵であるライム＝ラテの助力もあり、この計画は順調に進み、大きな成果を挙げた。

暗殺者の襲撃その他への報復は約束すると響に説得されたライムは、こうした敵対的な動きに内心怒りを感じていた事もあり、商会に損はないと確信して響達に協力したのだ。

ちなみにライドウは自分達に対して良からぬ動きがあったなど、まるで知らなかった。

何せ、全ての妨害《ぼうがい》は彼に届いていないのだから。

彼はただローレルの巫女が倒れた事を若干気にしながらのんびりとリミアの復興の様子を眺《なが》め、適度に商売の話を聞き流していただけだ。

従者の澪《みお》はある程度胡散臭《うさんくさ》い気配を感じていたようだが、降りかかる火《ひ》の粉《こ》を払うだけに留めて、積極的には動かなかった。

彼女にはそれ以上の目的——主であるライドウに響は相容《あいい》れぬ存在だと分かってもらおうとの思いがあったからだ。ついでにヒューマンの大国リミアに、ライドウとクズノハ商会の力を示す事で警告しようという思惑も。

「でも、そうなると、長男に多少の恩を着せたところで、ホープレイズ家はまだ篭絡《ろうらく》できそうにないわね。やっぱりある程度の長期戦は覚悟しなきゃ駄目か」

響は戦場で死に掛けていたところを助けたホープレイズ家長男を思い出す。親に忠実であり、年齢の割に若さを感じさせない男という印象だった。彼が当主になったとしても、アルグリオの影響を強く受けると確信できる。

面倒は続きそうだった。

もっとも、クズノハ商会のおかげで大分事態は進んだのだから、全体的に見ればプラスの展開である。

落胆《らくたん》はしていられないと、響は気持ちを切り替えた。

「ホープレイズ卿の操り人形のままのあの方では、家督が移ってもあまり意味はありません。ですから……」

「？」

そうね、と同意しようと思っていた響だったが、ヨシュアの言葉がまだ続きそうな事に怪訝《けげん》な表情を浮かべた。

「変わってもらう事にしました」

「……どうやって？」

「いつの世も、殿方を変えるのは女性でしょう？」

「そう断定するのは、創作の見すぎ読みすぎ聞きすぎだと思うわよ……」

少しばかり呆れ気味の響に、ヨシュアは真顔で応える。

「そうですか？　私が耳年増《みみどしま》である事は認めますが、実際有効な手だと思いますよ？　少なくとも、試す価値は十分にあると考えています」

「やってこちらに損はないとは思うけど……」

響の言葉は歯切れが悪い。

「今、彼はなくなった右腕と痩《や》せ細《ほそ》った体を見て絶望しています。人を落とすのは傷心《しょうしん》の時が良いという話もありますから」

「すぐにやるつもり？」

人の弱みにつけ込むえげつない話だが、響はあえて内容には突っ込まずに、そう質問した。

治療中の今が有効な時期であるのは、彼女も認めるところだ。

「既に始めています。彼の看護に当たっているのは全てそれなりの家の子女で、経験のある実力者だけ。容姿や年齢についても彼の女性遍歴を調べて好みの者を六人ほど集めました」

「……」

既に計画が始まっている事に響は絶句する。

彼女は見舞いがてらオズワールが自分の考えに少しでも理解を寄せてくれれば、などと考えていたが、行かなくて良かったと、密かに胸を撫《な》で下《お》ろした。

下手をすればヨシュアの邪魔をする事になりかねない。

「結局、我々でどうにもならない欠損は腕だけのようですからね。六人がかりの治療と看病で足が元通りになり、体が普通に動かせるようになる頃には、誰かに手をつけるんじゃないですか？」

「やっぱりあの腕は駄目か。でもヨシュア、彼が看病についた女の子に手を出したといっても、付き合ったり結婚したりまで行く可能性は低いんじゃないかしら？　変えるというなら、そのくらい濃い関係が必要だと思うのだけど」

響がオズワールを助けた時、既に右腕は腐り果て、更にその毒が体を侵そうとしていた。

両足も千切れる寸前の状態で、見た目には完全に手遅れだった。

助かったのは幸運の要素がかなり絡んでいたと見て良い。

響はその場で右腕を切り落とし、応急処置だけして一応その右腕も持ち帰った。腕はもう駄目だろうと考えていたが、事実その通りになったわけだ。

むしろ千切れかけた足が繋《つな》がった事は、当時力を尽くした治癒魔術師達の奮闘《ふんとう》を称《たた》えてもいいだろう。

「その六人が彼を落とせれば良し。遊ばれて終わるとしても……一応、本命は別に用意しています」

「本命？」

「触れ込みとしては一流の治癒魔術師ですが、実際は嫁候補一番手ですね」

「チヤちゃんは絶対駄目よ」

一流の治癒魔術の使い手と聞いて、響は冗談交じりに仲間の名を口にした。

「そんな事をしたら、ローレルとの外交問題どころか一気に戦争に発展してしまいますよ」

「なら安心。で、私の知っている人？」

「いいえ。ホープレイズから見ると少し格下の家の次女です。バツイチ、子供なし」

「彼、そういうのが趣味？」

「人妻だろうと未亡人だろうと、お構いなしですね。ただ、珍しく年上が好きなようです」

「リミアの貴族って十代過ぎると女は価値を下げていくって発想だもんね、基本。女性としてはまだまだこれからが盛《さか》りなのに、その点では馬鹿ばっかりだわ。なら、その次女さんも結構必死な感じ？」

「もう二十三ですからね。内心相当焦っていると思います。ここ一年は縁談もなかったようで、こちらの提案に飛びついてきました。相手はホープレイズなのですから、当人からも両親からも文句などありませんでしたね。即答です。むしろ拝《おが》まれました」

「上手くいくと良いけど……」

「演出も協力もしますから、期待できると思っていますが」

「うーん」

それだけでは弱いのではないかと、響は考えていた。

二十三歳で離婚歴ありというのは、リミアでは女性としての価値を相当低く見られる。相手の男だけならともかく、その親を説得するのは容易ではない。

普通に考えればハードルが高すぎて、望み薄だ。

「まあ女性の方もやる気はありますし、欠損した右腕を献身的に治療して元に戻すのですから、印象は強いでしょう。更にそれが彼の好みと一致して家柄《いえがら》も問題ないのであれば、最悪側室か愛人にはなれると見込んでいます」

「……待って、腕を治すですって？　今無理って言ってたじゃない」

「我々には無理です。ですが、ホープレイズ家の事は伏せてライドウに相談してみたところ、そのくらいなら生《は》やせると、軽く言われました」

「あ、それでさっき治療にクズノハ商会を使うって。……でも、あの黒っぽい紫色に変色している肩の傷口から腕を生やす？」

「魔術ならすぐにでもと、澪殿を寄越《よこ》そうとしてくれたのですが、流石にそれをやるとホープレイズ家絡みと周囲には気付かれますから丁重にお断りしました。薬を中心にした治療で済ませられないかと尋《たず》ねたら、これも問題ないと。もちろん、物が物だけにそれなりの値はしましたけれど、買い求めました。用法を完全に習得させてから、腕を治療する彼女を投入する予定です」

とはいえ、薬を用いる相手はロッツガルドでクズノハ商会に絡んで妨害した上に、暗殺者を差し向けた首謀者《しゅぼうしゃ》でもあるホープレイズ家である。いくらライドウでも、それに勘付《かんづ》けば断るかもしれないと、ヨシュアも考えていた。

「薬で、腕を……」

「錠剤《じょうざい》と塗り薬だそうです。魔術の補助が必要とはいえ、とんでもない技術ですね。今は大いに助かりますが」

喜ばしい側面と、厄介な事になる側面を同時に思い浮かべ、響は複雑な表情で呟く。

「そんな薬が世界中にばら撒かれるのか……」

「こちらの思惑通り、オズワールが七人の誰かと結婚し、他何名かを側室か愛人にしてくれればやりやすくなるでしょうね。皆、お膳立《ぜんだ》てをしたのが誰で、何を求めているかを知っている娘ばかりなのだから」

ヨシュアはそう言いながら、本来考えていた考えの一つを心中で思い返して苦笑する。

（本音《ほんね》を言えば、礼を尽くしてアルグリオの子供であるアベリアを、アベリア＝ホープレイズとして招き、首だけではなく全身を取り替える手が打ちたかったけれど。王国になんの伝手《つて》もない彼女が当主になれば、臣下は私や響の意に賛同する者ばかりを送り込めるでしょうし。ただ……あの娘はクズノハ商会関係者、というか〝彼〟の教え子だものね。流石に不確定要素が多すぎて、断念せざるを得なかった。商会からの協力が得られれば最高だけど、万が一不興《ふきょう》を買って他国を優遇《ゆうぐう》されようものなら元も子もないもの）

ロッツガルド学園の奨学生アベリア――彼女がアルグリオの愛人の子である事は調査済みだった。

アベリアがホープレイズ家を良く思っていないのを知った上で、場合によっては弱体化に協力願うという手も、ヨシュアは考えていた。

しかしライドウとの関係を考慮した結果、この案が実行に移される事はなかった。

束《つか》の間黙《ま》り込んだヨシュアに、響が切り出す。

「……ヨシュアは十分に王様をやれる気がするわよ。もう女王様になっちゃってもいいんじゃない？　もしベルダ君が何か言うようなら、私が説得してあげるし」

「冗談はやめてください。私は王の器《うつわ》ではありませんよ。王とは、人を惹《ひ》きつける強い力を持っていなくてはいけません。大国であればあるほど、個人の政務能力が優れた者より、民や臣下から象徴として担《かつ》ぎたいと思われる者こそが王となるべきなのです。政治でも戦《いくさ》でも実務能力を持った者など、厳選すればいくらでも見つかるのですから」

「担ぎたいと思われる象徴が王の器、かあ。女王ってのも凄《すご》く印象的だし、十分な資格だと思うよ？」

「それは物珍しさにすぎません。ベルダにはつい手助けしたくなる、応援したくなる、そんな魅力があります。ただ、その魅力が彼よりも強く、しかも実務能力まで兼ね備えているのが……貴方なんですけどね、響」

「私は王家の血は引いていないもの。最初から除外」

「一つ手順は増えますが、方法はありますよ。私としてはそれが理想ですね。リミアが女王を迎えるなら、それは私ではなく貴方であるべきです」

「もしもし。頼れる親友で協力者でもある麗人《れいじん》が、私に弟との結婚を勧めてきます。どうしたらいいでしょうか」

「是非受け入れてください。道は広く開けておいてあげますから。その後も遠くから見守るつもりですしね」

「……勘弁《かんべん》してよ」

未だ課題の残るリミア王国では、響を中心とする変革の勢力が、王都の復興とともに力をつけてきている。

だが、ホープレイズ家は蠢動《しゅんどう》を止めず。

未だ道筋《みちすじ》は明らかになっていなかった。

2

クズノハ商会代表としてリミア王国を訪問していた僕——深澄真は今、王国の領土の南端に位置するホープレイズ領に到着していた。

ここには往路でも立ち寄っているので、二度目の来訪になる。

僕らが王都をお暇《いとま》する時、城の前には見送りの騎士隊がずらりと並んでいた。

これから数日、こんな堅苦《かたくる》しくてプライドも高そうな大集団につきまとわれながら国境に向けて歩くとか、どんな拷問《ごうもん》だよ……と、頭を抱えそうになったのは言うまでもない。

「邪魔です。こんな事に使う人手が沢山あるなら、都を一日でも早く復興なさいな」

と、澪が一蹴《いっしゅう》してくれたおかげで謹んで辞退できそうだったんだけど、ホストである響先輩とヨシュア王子は食い下がった。

二人は〝誰一人同行しないのでは不作法になるから〟と言って、巫女のチヤさんと、ユネスティ家という貴族の若者を世話役として僕らにつけたのだ。

本人了承の下で世話についたので好きに使って構わないそうだが、厳密に言えば巫女はローレルの要人に当たるから、節度は持ってもらいたいと付け加えられた。

そう言われても、もう一人だって貴族だし、好きに使えるわけもなく、まるで気が抜けない。ありがた迷惑とはこの事だ。

まあ、そんな旅路もここまで来れば終わったようなもの。

リミア国外に出たら、転移陣のある街から速攻で転移して、そこから亜空《あくう》に直帰――そんな風に思っていた僕、そしてクズノハ商会勢だった。

なーんとなく、このホープレイズ領にはギスギスした空気が漂《ただよ》っている。

これは来た時も同じだったから、まあ予想の範囲内だ。

何しろ、イルムガンドの件で因縁《いんねん》浅からぬホープレイズ家。王都でもご当主と親しくなる事はなかった。次男の死にクズノハ商会が関わっているなんて噂《うわさ》が流れているのは知っているけど、一日二日で払拭《ふっしょく》できるようなものでもない。

あれこれ考えながら馬車に揺られていると……。

「え？」

僕のすぐ隣《となり》で、チヤさんが素《す》っ頓狂《とんきょう》な声を漏らした。

それは彼女が僕らに同行した数日の間で一番の素《す》の声だったと思う。

車窓から外を見ると、ホープレイズ家の領地に入って最初の街の門に、ポツンと一人、老齢の男性が立っていた。

「クズノハ商会代表ライドウ殿以下、澪殿、ライム殿ですな。改めてご挨拶を。このホープレイズ

領を治めておりますアルグリオ＝ホープレイズと申します。つまらぬ行き違い故の無礼の詫びを申し上げたく、お待ちしておりました」

彼の後ろには領民や騎士がずらりと集合して様子を窺《うかが》っている。そんな状況にもかかわらず、領主を名乗った男——ホープレイズ卿は深く腰を折り、頭を下げた。

完全に虚《きょ》を衝《つ》かれた巫女さんはフリーズ。僕らに同行していたもう一人の貴族ジョイ＝ユネスティは慌てて馬を降り、深く頭を下げた卿よりも更に低く頭を下げて……いや、もうほとんど土下座というべき姿勢で固まってしまった。

僕としても、ここでホープレイズ卿と会うのは予想外だった。もう彼と会う事もないだろうと思っていたくらいだ。

でも無反応というわけにはいかない。

まず馬車を降り、膝を突いて頭を下げる事にした。

澪とライムは僕に続き、大人しく礼節を見せる。

「大貴族アルグリオ＝ホープレイズ様にそのような謝罪など望んでおりません。ロッツガルドからは遠く離れた領内に流れる噂や情報の細部まで精査するなど、至難《しなん》の業《わざ》でございます。どうかお気になさらず」

こんなもんで良いかな。

リミア流の作法って正直複雑すぎて意味が分からないんだ。

礼儀作法を教えるだけの役職が存在し、それを生業《なりわい》にする貴族がいるって聞くし……。

完全に馬鹿げている。

ヒューマン国家屈指の豊かな国土に恵まれていると、そんなどうでもいい事に注力するようになるのかと、リミアで一番呆れた部分かもしれない。

「……我が愚挙をお許しくださるか？」

アルグリオさんは頭を下げたままそう聞いた。

「もちろんです。我々は御子息の死に関与はしておりませんが、救えたかもしれない立場にいたのもまた事実。陛下や殿下、そしてアルグリオ様、他国からの来賓《らいひん》の安全を優先したのは間違いなく私ですから」

「寛大にも謝罪を受け入れてくれた事に心からの感謝を。つい先日、我が領内でヨシュア様、響様との会談がありましてな。その場でもクズノハ商会の事は話題になりました。まったく、私情から本質を見抜けず濁《にご》った眼《まなこ》で皆さんを誤って評価した非礼は、如何《いか》に赦《ゆる》しを得られたとはいえ、このままで済ませられる問題ではない。どうか私にせめてもの謝罪として、皆様をおもてなしする機会を与えてくださらんか」

「……」

無茶苦茶下手《したて》に出てくる彼の様子は尋常《じんじょう》じゃない。

澪やライムは僕に倣って腰を折ってはいるものの、地面を見たまま遠慮なく胡散臭そうな疑いのオーラを放っている。また、アルグリオさんの態度があまりに意外だったのか、巫女さんは顔を引きつらせて〝誰この人〟って目を向ける。

一方、不審がる面々とは異なり、ジョイさんは全身ガタガタ震えていて、これまた凄い反応だ。彼を見れば、この国でのホープレイズ家の存在感がどれほどのものか、僕にも分かる。

「聞けば、澪殿は料理がご堪能だとか。実はリミア料理は北部と南部で大分毛色が異っておりましてな。この機に是非サウスリミアの料理の粋《すい》を楽しんでいただきたい」

へえ、そうなんだ。

リミア料理はコースも存在する相当に手が込んだもので、たとえるならフランス料理に近い。

王都で食べたいくつかの料理は絶品だったし、澪も唸《うな》っていた。

恐らく王都で出たのは北部のものだろうから、ホープレイズ領では南部の方が楽しめるというわけか。

ツィーゲにはリミア料理の専門店は少ないので、確かに得難《えがた》い機会かもしれない。

澪もちょっとソワソワした感じになっているし、急ぎの用事もないなら、ご相伴《しょうばん》にあずかるのも良いな。

「胃袋から攻めてくるとは、流石アルグリオ様ですね。実は、美味《おい》しいモノには目がないというのがクズノハ商会の弱点の一つでして。せっかくですので、お招きに応じたく思います」

流石に僕だって、アルグリオさんの豹変《ひょうへん》が僕らにとってただ都合の良い変化だとは思ってない。

けれど、ここまで今までと正反対の態度を見せる理由は、少し気になる。

強引に断って袖《そで》にするより、招待に応じて少しでも内情を知っておいた方が、後々プラスにもなるだろう。

「はは、貴族の情報網も、時には役に立つものです。ゆるりとお話ししたい事もございます。巫女様も、ユネスティの若き当主殿も。どうぞご一緒にお出でください。ここよりは転移を交えまして我が屋敷までご案内させていただきます」

アルグリオさんの目配《めくば》せで、騎士と使用人らしき方々が統率された動きで僕らの周りに集まって、テキパキと確認事項を消化していく。

馬車は彼らに任せ、僕らはアルグリオさん直々の案内で転移陣までエスコートされ、豪勢《ごうせい》にも、ホープレイズ家の本宅というのか、メインで使っているお屋敷まで全員で転移した。

招待には応じたものの、ジョイさんやチヤさんは明らかに緊張した様子で、何か呟いている。

「アルグリオ様がこのような態度を取るなど……何がどこまで漏れている？　私は一体これからどうなるんだ？」

「信じられない。あの年齢《とし》からある日突然心根が正されるなんて事、ありえません。最悪な事を考えているに決まってる……！」

……。

あれだな、僕らから見たアルグリオさんが彼の全部じゃないのは当然としても、普段の行動や態度は見られているし、知られているものだよね。

ジョイさんやチヤさんの反応を見るに、彼が急に善人を演じて見せる時はろくでもない事が起こる前兆ってわけだ。

特にジョイさんは聞き逃せない事を言ってるし。

実はあれがアルグリオさんの素だって淡《あわ》い期待は見事になくなった。

「ジョイさん、何がどこまで、とは？　ホープレイズ家と何か因縁があるんですか？」

この人はヨシュア様がつけてくれた貴族だから、派閥的には無害だと思っていたんだけど。

改革派のヨシュア王子や響先輩の派閥に入っているから、貴族のボスみたいなホープレイズ家とは相性が悪いとか？

「あ、それは、ですね」

あるんかい。

あっけらかんと答えるジョイさんに、思わず心の中で突っ込んでしまった。

「道中でお話しした感じだと、ユネスティ家は特に権力闘争の渦中にあるわけではなく、穏やかに城勤めをしていらっしゃると感じましたが？」

「その、申し訳ありません。実は、私には双子の姉がおりまして……」

突然身内の話をし出したので、僕は思わず首を傾げる。

「姉？」

この人は確か二十三歳の既婚者で、既に家も継いでいるとか言っていた。

つまりご当主様だ。

僕が抱いた正直な印象としては、当主と呼ぶにはまだ頼りない感じだった。少し年上の文学青年。線が細く、貴族の息子という方が適切な青年だった。

「私と違い、治癒魔術に高い適性があり、努力の甲斐《かい》もあって術師としても大変優秀な姉なんですが、その……先ごろ離縁、されまして」

「それは……ご愁傷様《しゅうしょうさま》、です」

離縁、離婚だよな。

貴族の離婚がどんなものかは知らないけど、基本的によろしくないのは分かる。

「いえ。それで家に出戻ってきた姉に、ヨシュア様からお声がかかりました。治癒のスキルを見込まれての事です。その折で、その……クズノハ商会さんから秘伝の薬をご都合いただいたと、ヨシュア様より伺っております。こうした機会を与えられましたし、お礼をと思っていたのですが、なかなかそうしたお話ができる状況がないままここまで。まことに申し訳ありません」

秘伝の薬。ヨシュア様。

……ああ。

そういえば、毒に侵され切断するしかなくなった腕の再生について、聞かれたな。

澪なら毒の中和も腕の再生もどちらもできそうな案件だったから、患者を紹介してもらおうとしたら、何故か断られたんだ。

それで、治癒魔術に優れる者であれば扱えるような薬はないかと聞かれて……確かに薬を渡した。学園をそれなりの成績で出る実力があればなんとか使えるはず、とは言っておいたけど……なるほど、その治癒魔術師がジョイさんの双子のお姉さんだったのか。

だから護衛兼見送りとしてついてきた、と。

なんとなく、ヨシュア様と響先輩の名代《みょうだい》としては違和感あったもんな。

「ああ、あの薬の。治療の方は上手くいきました？　ん？　いや、でもそれとホープレイズ家の話は全く関係ないのでは？」

「治療は順調との事です。姉が薬の効能と治療指示の正確さに驚愕しておりました。死んでもこの商会とのパイプはなくすなと、もう送ってくる手紙の内容の大半がそんな調子でして……はは」

当主とはいえ、双子の姉相手ともなると弱い所もあるんだろうな。

姉ってのは……強いからなぁ。

「で……ホープレイズ家との兼ね合いですが、重体で城に運び込まれた患者というのが、ご長男オズワール＝ホープレイズ様なんです。オズワール様の治療には、良家、名家の子女が選抜されて手厚い看護が施されています」

「……そういう事。だからジョイさん、あんなにビクビクしてたんだね」

「……お恥ずかしい」

何やら分かった風のチヤさんに指摘され、ジョイさんが頭を掻《か》いて頷く。

しかし僕にはさっぱりだ。

次男が死んだ今、アルグリオさんにとって長男は凄く大事、それは分かる。

でもその治療にあたっているユネスティ家の人が何故恐れる必要があるのか。

むしろ感謝される立場じゃないの？

「そういう事、とは？」

僕の質問に、チヤさんが答える。

「……多分、ヨシュア様は、弱ったオズワール様の看護に自分達の味方になる女性を沢山あてがっているんです」

「ふむ」

「ホープレイズ家の次の当主はオズワール様。でもオズワール様は父君を尊敬なさっているし、代替わりしてもこのままだと結局アルグリオ様の操り人形と政争を続けなくちゃいけなくなる。だから、オズワール様を自分達の側に鞍替《くらが》えさせる、そこまでいかなくても父親の傀儡《かいらい》ではなくなるよう篭絡するつもり、ですよね？」

そう言って、チヤさんはジョイさんに目を向けた。

「……巫女様には恐れ入りました。その通りです。ヨシュア様より、オズワール様を首尾よく落とす事ができれば婚姻《こんいん》を全面的にバックアップすると約束していただいております。恐らく、姉以外に選抜された女性達とも同様の約束を取り付けているでしょう」

ヨシュア様、怖い。

怪我して弱っている男に貴族の看護師さんと女医さんを沢山つけて、誰かと結婚させちゃうつもりなのか。

大貴族との結婚は当然、ここでは望ましい事だろう。

王家も後ろ盾になってくれるなら、乗らない手はない。

……個人的な憶測《おくそく》だと、バツイチで実家に戻っているジョイさんのお姉さんなんかは、内心かなり必死なんじゃなかろうか。

「ああ、だからホープレイズ卿から見れば、ユネスティ家はヨシュア様に協力する邪魔者だという扱いをされるんじゃないかと心配していたんですね？」

「卿に睨まれて無事に済む貴族などおりません。正直、恐々《きょうきょう》としているところにご当主自ら お出《い》でになって歓待など、もはや生きた心地《ここち》がしませんよ、私は」

重症のご長男か。

ウチの薬を使えば、まあ治るだろう。

でも、これはまだアルグリオさんは知らない情報のはずだよな。

となると、それが豹変の理由じゃない。

うーん。大貴族の考えか……読めん。

そしてチヤさん、凄いな。

本当に大人びた子だ。

当たり前に政治の話とかしてるし、僕の前でぶっ倒れた非礼への詫びとして、こうして同行しているのもそうだ。

巫女という特殊な環境が彼女をこんな子にしたんだろうか。

幼くして国の象徴だからなあ。

常人には全く分からない世界に生きているのは間違いない。

やっぱこの娘《こ》はチヤさんだよ。〝ちゃん〟とかつけられないよ。さんだよ。

「ご長男の治療、ヨシュア王子との会談、響先輩の思い描いている改革、ねえ……」

ピースとして大きなものは、今はこれくらいだ。

ライムはきっと、街で色々な話を仕入れてきてくれる。

澪は王都でも色々動いてもらったから、ここではリミア料理に集中できるようにしてあげたい。

「……やっぱ、ゆるりとお話ししたい事ってのがキモなんだろうな。ちゃんと料理を楽しめる席になれば良いのに」

「あの、油断はしないでください。私も役職柄様々な人を見てきていますが、あのアルグリオという方はあらゆる意味で貴族に特化した、社交界と交渉事の化け物です」

「チヤさんがそう言うと説得力が凄い。分かりました、気を付けます」

「……なんか、不安。響お姉ちゃんなら安心できる言葉なのに、同じ賢人様でも全然違う」

ぼそりとチヤさんが僕の心を抉《えぐ》る言葉を呟いた。

響先輩と比較されたら、そりゃ心細いのは分かるよ。

確かに同じ異世界人——チヤさんの言うところの賢人だけど、あんな超人と一緒にしてもらいたくない！

新作のゆるキャラと世界的に有名なあのネズミのキャラクターを比べるくらい酷い所業だよ、それは！

◇◆◇◆◇

壮観。

それ以外の感想が出てこない。

広々としたホールには凄まじいまでに煌《きら》びやかで豪勢な宴《うたげ》の席が用意されていた。

アルグリオさんが口にした通り、テーブルの上にはリミア料理の数々がこれでもかとばかりに並べられている。

料理だけでなく、宝飾品も惜しみなく使われ、ホールを隅々まで彩《いろど》っており、その豪華《ごうか》さは王都で受けた歓待——いや、今まで僕が経験したどの宴席をも超えていた。

澪でさえ目を丸くして驚いたくらいだ。

チヤさんもジョイさんもライムも、口を間抜けに開いて呆然《ぼうぜん》としている。

凄いな、セレブ全開とはこの事か。

そして案内されるままメイドさんに続くと、見えてくる僕らの席。

奥の壁にかけられた大きな貴族の紋章《もんしょう》の下……ザ・上座である。

リミアでも、一番地位や立場が高い人物がこの位置に座るのが習わしだ。

右側にかかっているのが多分ホープレイズ家の紋章旗《もんしょうき》で、何故かその隣に僕らクズノハ商会の店舗マークの旗《はた》がある。

並べると物凄く場違いなのは僕でも分かる。

ちなみに、作った覚えはない。

となると、ウチのマークをのっけた旗をこの短期間で作ったの？

どんな財力で誰に無理言ってやらせたんだろ。

そして少し小さめの旗がもう一枚かかっている。

多分、ユネスティ家かな。

ちらっとジョイさんの様子を確認したら顔面蒼白《がんめんそうはく》で、ウチの紋章旗まであんな場所に……ともごもご言っているから、間違いなさそう。

唖然《あぜん》とする僕らをよそに、当主アルグリオさんの挨拶が始まる。

「急ごしらえの宴席ゆえ、行き届かないところもありますが、心ばかりのもてなしの席をご用意しました。クズノハ商会の皆様はもちろん、お連れの方々も、遠慮なくおくつろぎください。我が息子オズワールの治療に全力であたってくださっているユネスティ家。それに、我がリミアに降り立った勇者様を、立場を越えて支えてくださっているローレルの巫女チヤ様には、当家として感謝の席を設けた事がありませんでしたな。皆様どうかお楽しみいただければ、至上の喜びです」

アルグリオさんは挨拶の途中でユネスティ家ににこやかに牽制を入れたり、チヤさんが心酔している響先輩を立てるような事を織り交ぜたりしてみせた。全体的には丁寧で、来客を敬うそつがない言葉が並ぶ。

他にも、領内の不穏《ふおん》で誤った情報についても早急に払拭すると確約してくれて、僕らにとっては至れり尽くせりの内容だ。

そんな挨拶は数分で終わり、そこからはホープレイズ家と領内の有力者、有名人、芸術家の皆さんと僕らの宴の席の始まり。

ジョイさんやチヤさんの反応を見る限り、かなりの面々が集っているみたいだ。

澪には自由に食事を満喫《まんきつ》してもらい、ライムにも好きに楽しんでもらう。

今のところ、純粋に歓迎されていて、楽しい食事だ。

アルグリオさんはサウスリミア料理だと言ってたけど、確かに王都で食べた物と食材は同じでも、味付けや調理法が違っている。

全体的には王都よりも煮込み料理が少なく、揚げ物が多いのが特徴か。あと、ハムやベーコンといった保存用の肉を使う料理が意外と多い。

野菜は意外にも、どちらも似たようなものが使われている。

こっち特有の食材も……ああ、結構あるな。

同じリミア料理でありながら、全く違う側面を楽しめそうだ。

少しずつ楽しませてもらおうかな。

料理を物色する僕に、上機嫌な様子のアルグリオさんが話しかけてきた。

「やあ、ライドウ殿。楽しんでもらえているでしょうか。貴殿はツィーゲ、世界の果てのご出身と聞いております。クズノハ商会の皆様に失礼がないようにと参加者にも徹底させていますが、何かご気分を害する事があれば、ご容赦《ようしゃ》願いたく。もう少し時間があれば良かったのですが……」

「十分に楽しませてもらっています。そういえば、ホープレイズ領では騎士様達も舞踊《ぶよう》を嗜《たしな》まれるのですか？」

「先ほどの舞踊をご覧になりましたか。いくつかの貴族領では嗜みとして学びます。こうして大事な席で客人に見せる、儀礼のようなものですよ」

「とても見応えがありました。ところで、アルグリオ様。私などを相手にそのような丁寧な態度を取られては、かえって恐縮してしまいます。どうか普段通りに接していただければ助かります」

この人に敬語を使われると、かなり負担になる。

圧が凄いんだ。

本人からというより、周囲からの圧がね。

ウチのボスになんて態度取らせやがる、この商人風情《ふぜい》が――みたいな雰囲気《ふんいき》を感じるんだよね、これが。

ジョイさんを見ていても、リミアでのホープレイズ家の力はよく分かる。そして領内の人々がアルグリオさんを見る目からは、この地では領民にとって好ましい統治をしている事も窺える。

そりゃ、この人から家族を奪ったなんて噂が立てば、僕らも嫌われるわな。

「む……特に無理はしていないのだが、もてなすべき君を緊張させてしまっては意味がない。では、以前話していた時と同様に、こんな話しぶりで構わないだろうか？」

「ええ、そちらの方が私にとってはアルグリオ様だ、と安心します」

「そんなものかね。しかし……ヨシュア様とも話してみて分かった事だが、君らは本当に大勢の人に頼りにされているんだな。改めて調べてみると、クズノハ商会の偉業は枚挙《まいきょ》にいとまがない。今まで君達を色眼鏡《いろめがね》で見てしまった事、本当に申し訳なかった」

「……もう終わった事です。こうして何度も謝罪していただきましたから」

イルムガンドは確かに面倒だったけど、彼は既に故人だ。

息子を目の前で失った父親として、彼だって憎む相手が欲しかったんだろう。

それが僕らだっていうのは辛いけど、こうして――たとえ今は表面上だけかもしれなくても――

分かってもらえたなら一歩前進だと思える。

「時に、最果ての街ツィーゲより先は文字通りの世界の果て、荒野と総称される過酷《かこく》な地が広がると聞く」

「はい。豊かなリミアにお住まいの方からすれば到底信じられないような環境に、亜人や魔物、そして冒険者が入り込んで、中にはそこで暮らしている者もいます」

「うむ。そしてそこには、蜃気楼都市《しんきろうとし》なる幻《まぼろし》の都市の存在があるのだとか？」

……。

蜃気楼都市、それは亜空の街の事だ。

ツィーゲから荒野に入った冒険者らを時折招いては、存在をアピールしている。

今では彼らが蜃気楼都市から持ち帰った素材や食べ物、武具は一種のブランド化していて、結構な需要がある。

そうやって、亜空の品を少量市場に流す事で、クズノハ商会が扱う亜空産の商品の価値を浸透させて、商売をしやすくするのが当初の狙いだった。

けれど、何故この人の口から蜃気楼都市なんてワードが出たのか。

ホープレイズ家の力といえども、流石に遠く離れた外国のツィーゲまでは全く届かない。

ツィーゲでもホープレイズ家についての話なんて聞いた事はない。

とりあえず、僕は蜃気楼都市についての表向きの答えを口にする。

「……ええ、確かに。冒険者が時折招かれては土産《みやげ》を持たされているようです。あると断言はできませんが、そう信じている者はかなりいると思います」

「そう、か。荒野に出現する幻の街は幸運の証というわけか」

土産を持たされ、帰される。

確かに、今の僕の説明だと、到達するには幸運が必要そうである。

「分かりません。結局、帰ってきた者が口々にそう話すだけですから。もしかしたら帰ってこられた者は幸運でも、街自体は別に幸運の証でもなんでもない可能性だってあります」

「……つまり、未帰還者だって存在するかもしれないと？　随分と夢がない話に聞こえるが……」

「はっきりしない物事には、まず警戒しておく方が無難でしょう。もし、かの都市で殺された者がいたとしても、彼らが何かを語る事はないのですから。はっきりしているのは、蜃気楼都市から持ち帰られる物には、ある程度の価値が約束されているという点だけですよ」

「なるほど、商人としては斯様な判断となるか」

「ところで、何故蜃気楼都市の話を？」

僕としてはそっちの方が気になる。

ツィーゲに住んでいる者でもなければ特に関心なさそうな話題だというのに、一生荒野になんて行きそうにない大貴族からその名が出た。

気にならないわけがない。

「ふむ……。我が領――いや、ホープレイズ家にとってあまり胸を張れた話ではないので恐縮だが、実は、我が領内にもあるのだよ」

「？」

「幻の街、というヤツがな。いや、とはいえ、こちらは私にとっても悩みの種で、死と病《やまい》を振りまく恐怖の権化《ごんげ》。そちらの蜃気楼都市とは似ても似つかぬ禍々《まがまが》しき代物《しろもの》なのだ」

「幻の街……？　この、ホープレイズ家の領地に、そんなものがあるのですか」

苦々しい表情で、アルグリオさんが幻の街の存在を教えてくれた。

しかし、領内の地図もかなり正確なものを有しているだろうホープレイズ家が〝幻〟とは、随分と大袈裟《おおげさ》な名前をつけたものだね。

「ああ。まだホープレイズ家が今ほど大きくはなかった時代に、王家より賜《たまわ》った土地のうちの大部分が、曰《いわ》く付きの酷い土地……改良の難しい湿地帯でな。この土地を賜るに至っても、当時の王家とは色々と諍《いさか》いもあったようなのだ。有り体に言えば……土地を押し付けられた形だな」

「……」

〝ちょっと訳アリだけど、広大な土地をあげる〟とか、〝これだけ大変な土地だけど、お前なら大丈夫だよな〟的な？

どっちにしても、貰った方は堪《たま》らんですね、それ。

「川が多いわけでもないのに、地面から染み出るように水が浮いてくる沼ばかりで、間尺《ましゃく》に合《あ》わぬから土地の改良は代々手もつけぬまま。先々代の頃まではそれで特に問題もなかった。が、そこからな……」

「問題が生じた、ですか？」

「うむ。一帯に深く霧《きり》が立ち込めるようになり、それまで見なかった動植物、魔獣が確認されるようになった。その上、周辺地域に奇妙な病気が蔓延《まんえん》してしまった」

確かに、それは問題だな。

ある日突然生態系が変わるなんて、そうそうある事じゃない。

霧が出るようになったっていうところからして、自然環境の方も変わっている？

単に外から魔獣が入り込んだだけってわけじゃなさそうだ。

「なんとも、奇妙な」

「まったくだ。領民達は基本的にそこへは近づかぬようになったし、村もいくつかなくなったり移転を余儀なくされたりした。調査に向かわせた騎士や冒険者の大半は戻らぬし、なんとか生きて戻った者も、霧の奥に街があっただの、館に吸血鬼がいるだの、おかしな事を喚《わめ》く有様《ありさま》なのだ。残らず正気を失い、未だ真実は闇の中、分からず仕舞いのまま。あの湿地帯には幻の街がある、死者の街だ、と噂が流れてしまっている始末だ。なんとも情けない話よ」

「霧に、生態系の急変、死者の街ですか。確かに、それは頭の痛い厄介事ですね……」

一瞬、従者の巴《ともえ》の姿が脳裏《のうり》に浮かんだ。

亜空や蜃気楼都市の存在は、彼女の力によるところも大きい。

でも、異変は先々代の頃って話だし、巴が僕と会う前にわざわざリミア王国に来て何かしでかしたというのも考えにくい。

とはいえ、僕らの蜃気楼都市の方とかなり共通点もある。なるほど、だからアルグリオさんも蜃気楼都市に興味を持っていたというわけだ。

納得。

「……」

何やら僕の顔をまっすぐに見つめて、真剣に考え込んでいる様子のアルグリオさん。

「アルグリオ様？」

声をかけると、彼は何やら納得顔で呟く。

「……ふむ、そうか……これは、女神のお引き合わせというものかもしれぬな」

「？　女神は特に関係ないと思いますが、なんの事でしょう？」

女神《あいつ》の名が出ると、嫌な予感しかしない。

ひとまずは否定しておこうという気分になる。

リミアとの縁という意味では意外と間違ってないのが嫌だ。

「……ライドウ殿。この際、恥を忍んで一つ頼み事をしたい」

「ま、まさかその幻の街を」

調査してほしいとでも？

じょ、冗談でしょ？

「うむ。今やリミアに残された最後の秘境と呼ばれるかの地を、一度調査してみてくれぬか？　まずは見てくれるだけでも良いのだ。数多の実績を誇り、ヨシュア様や響様すら頼りにする君ならば、そして荒野という特殊な環境を良く知る君ならばこそ、新たな何かが見えるかもしれない」

「い、いや、しかし」

「あの地をなんとかする事は、我がホープレイズ家にとっても大願《たいがん》。後で話すが、急ぐにはそれなりのわけもある。どうか、話だけでも詳しくさせてもらえんだろうか。頼む」

アルグリオさんはまたしても頭を深く下げる。

当然、この宴席のホストは彼で、こういう絵面《えづら》は正直僕にとっても居心地が悪い。

確かに交渉上手だ、この人。

「わ、分かりました。ひとまずお話は聞かせていただきます。しかしながら、ツィーゲへの帰路の途中ですので、どこまでご希望に添えるかは分かりませんよ？」

「……ああ、十分だとも。あそこは毎年それなりの死者を生み出している場所だ。領主としては、無駄に終わると分かっている騎士団派遣は難しいが、光明とも見える手が新たに浮かんだのであれば、是非試したい。領民の生命と暮らしにも直結しているのだからな」

……。

これは本音なのか、演技なのか。

ちょっと見抜けないところだけど、全部が嘘《うそ》というわけでもないのは分かる。

彼は貴族として傲慢《ごうまん》な一面を間違いなく持っているが、同時に領民や領地の安全や状態改善にきちんと心を割いている人でもある。

先々代、いや先代になるのか？　その人の頃から、何度か騎士団や冒険者を差し向けて、真剣に調査したのは事実なんだろう。結果が同じになると分かっている程度には調査した。

そして、騎士団を使い捨てにする気もない。部下もきちんと大切にしている。

たとえなんらかの下心があっても、立派なもんじゃないかと思う。

僕は彼の事を少しばかり過小評価していたのかもしれない。

「では、その詳しい話ですが……」

「ああ。君達と巫女様、ユネスティ家の当主、彼らも集めた上で、きちんと話をしよう。すぐに別室を用意させるから……もう少しばかり食事と酒、音楽、舞踊を楽しみながら待ってもらえるだろうか」

「分かりました」

澪もまだまだ食べるつもりのようだし、合流して時間を潰そう。

ライム……も要領よく食べて飲んでるな。

巫女様も、お偉方ばっかりの中で大したもんだ。ユネスティ家のジョイさんだって、こういう場は慣れたものなのか、リラックスして楽しんでいるように見える。

湿地帯の調査か。

日本だと広大な湿地帯といったら、渡り鳥や水鳥などの動植物にとって大切な場所としてラムサール条約で保護されている場所もあるけど、この世界だと単に厄介ものみたいな扱いなんだな。

思えば、メイリス湖や白の砂漠もそうだったけど、この世界では大国の領土内にあっても特に国立公園って形で守られている自然ってのはなかったな。

魔族領の火山は元々手付かずな感じだったし……。

自然なんてそこら中に溢《あふ》れているから、ありがたみがないのか。

常識が変われば価値観も変わる。

日本に戻る目処《めど》なんて全くついてないのだし、いつまでもコレじゃまずいと分かってはいるんだけど……。

行動するってのは本当に難しい。特に苦手に思っている分野だとなおさらだ。

僕は澪とリミア料理を楽しんで諸々《もろもろ》誤魔化しながら、ホープレイズ家の使いが来るまでの時間を潰した。

◇◆◇◆◇

しばらくすると、使いの人が来て、まずは僕らクズノハ商会が別室に案内された。

続いてチヤさんとジョイさんが入ってくる。

「ライドウ様」

僕の顔を見るなり、チヤさんが話しかけてきた。

「様とかつけなくていいですよ、チヤさん」

「私はアルグリオ様には警戒をと、ご忠告申し上げましたよね。まだそれほど昔の事じゃないと思うんですが、もうお忘れになりましたか？」

「別に忘れていませんよ。今もばっちり、警戒を怠《おこた》っていませんとも」

「物凄い勢いで取り込まれていますよね⁉」

お詫びでちょっと豪華な食事会を開いてもらって、別室に誘われただけなのに。

これででかいベッドと美女と酒だの怪しげな薬だのが用意されていたら、これ以上ないハニートラップだと僕も思う。

でも、ざっとでも事情を先に教えてもらっているから、これがそんな色気や私欲の密会場じゃない事は分かってる。

ただ、チヤさんがこれだけ疑うとなると、それだけリミア貴族が陰謀《いんぼう》好きなのも事実なんだろう。

リミア王国は数字だけ見れば超優秀な大国だ。

この国に召喚された響先輩は、運まで持ってるのかいと一瞬思ったけど、内情は理想とはかけ離れている模様。

こうして生きているから言えるけども、僕はリミア王国じゃなく荒野に飛ばされて良かったかもしれない。

裏でプライドと金と領地と権力の綱引きを全力でしている大国なんて、嫌すぎる。

「いや、取り込まれているとかじゃないんです。どうもホープレイズ卿も領内で困った事情があるみたいで。その相談だそうですよ？」

僕の言葉を聞いて、何故かチヤさんが唖然とする。

「……ほ、本気で言ってるんですか？　ライドウ……さんは、その……勇者響とヨシュア王子に協力なさっていますよね。なのにホープレイズ家の言葉にも耳を傾けるのは、あまりに」

「？　別にクズノハ商会として立場を示したつもりはないです。戦争においても権力闘争においても、僕らはあくまで中立です。今のところは」

「……」

おーう。

こいつマジで何言ってんの、的な視線がキツイ。

いやさ、少なくとも僕はリミア王国だけに肩入れする気はないよ。

リミア王国だけを敵視する気も、もちろんない。

そして、そんな考えを理解してもらうのは難しい事だとも、最近分かってきた。

なんとなく、僕の中でヒューマンと魔族の戦争を上手い事終わらせる手を思いついた気でいたけど、それも先輩に否定されたようなものだし。

人が三人いれば派閥が生まれるし、響先輩ほどの人であっても感情に呑まれる。

僕だって、いつまでもそこから目を逸《そ》らしているわけにも……いかないいんだろうな。

難しいよ。

ややあって、部屋の扉が静かに開いた。

「申し訳ない。お待たせしてしまった」

アルグリオさんのご登場だ。一人、彼と同じ年頃の男性を連れている。

それを見て、ジョイさんが小さく呻《うめ》く。

「馬鹿な……ルーグ＝エンブレイ？　豪商じゃないか」

豪商って、そのエンブレイさんは商人か。

今のところ、リミアでは貴族で商人って人には会った事がない。

王都では特に接触がなかった人だったはず。

アルグリオさんが僕達にルーグさんを紹介する。

「この者は当家が頼りにしている商人で、名はルーグ＝エンブレイ。リミア王国ではそれなりに幅を利かせておる悪徳商人だ」

「お戯《たわむ》れを。皆様、どうぞルーグと呼んでいただければ幸《さいわ》いです。此度《こたび》はアルグリオ様より火急《かきゅう》の用向きがあるとお聞きして飛んで参りました。何しろ、皆様ご存知のようにホープレイズ家と言えばリミアでも知らぬ者なき悪徳貴族でございますゆえ」

物腰柔《ものごしやわ》らかな商人が、優雅《ゆうが》に一礼した。

ルーグさんか。

人好きのする柔和《にゅうわ》な笑顔と物腰は生来《せいらい》の性質や性格じゃなく、きっと長い商人生活で身につけたものだろう。

ツィーゲのやり手商人レンブラントさんと同じような雰囲気を感じるもんな。

先の紹介といい、二人は付き合いが長そうだ。

国内筆頭の大貴族に頼りにされるだけの力ある商人なのは間違いないんだろう。

湿地帯の調査について話す席でどうして彼が同席するのかは分からないが、まあじきに説明してもらえるでしょう。

「今すぐ帰りたい気分です」

思わず、といった感じで本当に小さくチヤさんが呟いた。

この子は特殊な世界に慣れているあまり、警戒しすぎるところがあるかもしれない。

「さて、今夜は本来、クズノハ商会に我がホープレイズ家が理不尽な非礼を働いた事への謝罪の席だった。そして代表のライドウ殿は我が謝罪を受け入れてくださり、祝いの席となった。改めてありがとう、ライドウ殿」

「いえ、丁寧な謝罪を頂きました」

「だが、昨今ヒューマンと魔族との戦争は激化の一途《いっと》を辿《たど》り、先日はついに王都に戦火が届いてしまった。小さな喜びこそあったが、世界の状況、国内の状況、領内の状況と考え進めていくと、決して未来は光り輝くと約束されたものではないのだと実感させられる」

演説口調でアルグリオさんが話している最中、ジョイさんがおずおずと手を挙げた。

「……何かね、ジョイ殿」

「確かに戦況は必ずしも良くはありません。しかしホープレイズ家の当主ともあろう方が、我が国の現状をそこまで悲観するような発言をするとは……にわかには信じられません。何が貴方をそこまで弱気にさせているのでしょうか」

いや、戦況は明らかにヒューマンが不利だと思う。

今のところ、魔族が次々に新手を繰《く》り出《だ》して、ヒューマンは防戦一方。

これまでの両種族の戦争の推移を全て知っているわけじゃないけど、今回の状況は明らかに魔族優位で進んでいるんじゃないだろうか。

魔族とヒューマン両方を見たから僕がそう感じるだけで、実際にはヒューマンには何か僕が知らない底力みたいなものがある？

後ろ盾が女神ってだけじゃないの？

「うむ……ジョイ殿はご存知だろうが、当家は後継ぎ候補であった長男が負傷、次男は死亡。良くない事が重なって、色々とやらかしてもいる。私自身も、少し弱気がすぎるのでないかとも思う。だが息子の負傷というのは、実際そうなってみると実に重苦しく、辛い。ヨシュア様の庇護《ひご》の下、万全の態勢とは聞かされているが……何卒、姉上にもよろしくお伝え願いたい」

「は、はい。もちろんです。全力でお救いすると意気込んで出立しましたゆえ、間違いなくご子息の治療を成し遂げるかと」

アルグリオさんはゆっくりと言い含めるように言葉を発する。

「嬉しい後押しを頂いた。君にも感謝を。さて、指摘されてしまったが、私の弱気の根拠には息子達の事も大きい。だが決してそれだけでもない。魔族は勇者を得た我々ヒューマンにとっても明らかな強敵であり、油断などもっての外だと肌で感じている。そう……これまでの貴族の在《あ》り方《かた》では、リミアという歴史ある国さえ失いかねないと、本当に……危惧《きぐ》するようになったのだ」

『!?』

アルグリオさんがリミアの滅亡について触れた時、チヤさんとジョイさんが驚愕に顔を歪めるのが分かった。

「まさか……ヨシュア様、勇者響に、貴方自身が率先して協力しようと。そう心変わりしたとでも、仰るんですか」

チヤさんだ。

ああ、なるほど。

先輩達とこの人は権力闘争的には敵同士。そんで、今の発言は貴族の在り方への疑問だ。

つまり、王家の味方に鞍替えするような発言にも聞こえるのか。

先輩側でこの人をしばらく見続けてきたチヤさんには、相当意外な言葉なのだろう。

「先日ヨシュア様がこちらにみえて、隠居を勧められたが」

……すご、ヨシュアさん攻めたな。

隠居するとなると、次代は城で治療を受けているご長男か。難物は隠居させて、若い長男の方を説得する作戦だな。ふむふむ。

「もはや私の考えは古く、これからの時代にはそぐわぬところも多い。感情的になる場面もあったが、私はこれを受ける事にした」

おお、引退宣言。潔《いさぎよ》いな。

「そう、ですか」

「巫女様は私が王家側につくのかと問われたが、本来貴族は王家に仕え支えるもの。これまでの勇者殿との対立にしても、これは国を滅ぼす乗っ取るというような話ではない。在るべき国の形を問う、そういう信念の戦いを、お互いに納得してやっていたにすぎない」

「で、でも」

「ならば巫女様は、我ら貴族の中に、民も領地も王家も全て滅べば良いと思っている者がいるとお思いか？」

「う」

「おりませぬ。遺憾《いかん》ながら、私欲の強い愚《おろ》か者《もの》はいくらかいるが、彼らとて、領内が富む事をより願っている。それはつまり国も富むという事。荒れ果てた他人の国で、裸で旗を振りたい貴族など、居はしない」

……だろうな。

ただ、その言い草は煙《けむ》に巻《ま》くようで、誠実さは感じない。

在るべき国の形って、なあ。

上辺《うわべ》だよ、それって。

口にした思想や信念でその人を判断するなんて、そもそも馬鹿げている。

その人が実際にした行動をこそ、真摯《しんし》に見るべきだと思う。

「と、多少の詭弁《きべん》も使ったが。巫女様が仰ったように、私は貴族を説得し、ヨシュア様と響殿を支援していきたいと、今は考えている」

『!?』

隠居を決めた身で?

当然当主を退《しりぞ》いた後の事を言っている――少なくとも、この席にいる僕らはそう聞かなくちゃいけないだろう。

確かにチヤさんの警戒通り、一筋縄ではいかない人だな。

こんな風に考えていると物凄く疲れるし、正直、僕には向いてない。

あー疲れる。早く本題に進んでほしいもんだ。

「事実なら、とんでもない事件ですよ、これ」

ジョイさんもアルグリオさんの宣言に震えている。事件って……それほどか。

「事実だ。だから君らをここに呼んだのだ。証人として、そして協力者として」

ん、協力者？

「？」

「順に説明しよう。私がこうして変節に至り、まず思ったのが……王都移転の件なのだ」

「!! あれは、貴方がたが全力で邪魔をしたせいで、候補地が全て萎縮《いしゅく》してしまって……！」

チヤさんがアルグリオさんに非難の目を向けた。

ああ、王都が魔族に攻撃された事で、位置的なリスクから先輩達が遷都《せんと》の計画を提案したと聞いた。

でも、歴史ある王都を魔族の攻撃程度の事情で移転させるなんて、リミアとしてはありえない。蛮族《ばんぞく》に怯《ひる》んだ愚挙として歴史に刻まれるとかなんとか。そんな強硬《きょうこう》な反対意見で凍結状態なのだそうだ。

ライムを見ると、チヤさんの言葉を肯定する仕草が返ってきた。

「落ち着いてほしい。だがヨシュア様や響殿の挙げた候補地に問題があったのも事実。王都に求められるべき条件を完全に満たせる場所など、残念ながらなかった」

「難癖《なんくせ》です！」

思わず叫《さけ》んだチヤさんに、アルグリオさんが首を横に振って応える。

「本当に単なる難癖で、移転が妥当な場所があったなら、今頃計画は前進している。少なからず候補地に問題があるからこそ、どこにも決められず、多くの者が歴史を重視する現状維持という選択を支持する結果となった。それとも巫女様は、二人がどこかを理想の場所としてアピールしていたと？　私の知る限りヨシュア様方もある程度妥協《だきょう》しておられたように思うが」

「最高の立地条件の場所なんてものが現実にあるのなら、とっくにそこを提案しています!!」

だよね。

ここしかない、という場所など、それほどありはしない。

僕らの場合、亜空の四季を変則的にでも安定させるために必要だった地域は、魔族領にあるケリュネオンだった。

あれだって、普通なら条件が合わないから諦《あきら》める案件だ。

「だが見つかった」

「え」

「な」

アルグリオさんが発した言葉に、チヤ&ジョイが絶句する。

「我がホープレイズ領に、これ以上ないほどに王都の立地として相応しい土地が見つかった――いや、あったのだ」

『……』

リミア王国の二人はアルグリオさんの言葉で、彼を凝視《ぎょうし》して――否《いな》、凝視させられている。

対して、ルーグさんはさして驚いた様子がない。

少し遅れて来たのは、二人で事前に打ち合わせしておくべき事があった、そんなとこだろうか。

「ホープレイズ領の北西端。広大で、各地に道を敷きやすく、海へのアクセスすら容易い。しかも王都に至るまでに要害がいくつもあり、防備も十分に敷ける。これは魔族のみならず、他国に対しても同様にだ」

へぇ、凄い。

本当にそんな土地が存在して、しかも新王都の候補地として挙げた以上、ホープレイズ家はそこを国に明け渡す用意もあるって事だ。

自分の領地から新王都の用地を差し出すなんて、確かにこれ以上ない恭順《きょうじゅん》のアピールに見える。

「そんな都合の良すぎる土地なんて……ホープレイズ領の北西端？　海を望める……確かにそんな場所なら……でも、お姉ちゃん達の候補にはそんな場所は……」

チヤさんは知らず、か。

既に敵対する貴族の所有地を先輩が候補地として挙げるかどうか。

……挙げるな、あの人なら確実に。

実行するかどうかはともかく、候補としては挙げてみると思う。

ん？

王都候補地……土地？

まさか僕らに調査を頼みたいという湿地帯……なわけはないよね？

だってそんなところ、大都市を作るには明らかに向かない。

向かないよな？

ジョイさんも僕と同意見らしく、ブツブツと独り言を呟いている。

「いや、そんな土地あったか？　ホープレイズ家の領地は広大だが……そんな優れた地なら既に大きな街や領主の本宅が置かれていてもおかしくないのに……」

うん。

普通に優秀な土地であれば、既になんらかの形で利用されている。

たとえ広大でも、アルグリオさんなら自分の領地はばっちり把握しているに違いない。

つまり、現状では何かの理由でなんの役にも立ってないか、むしろ厄介モノになっている？

うわ、湿地帯と条件が重なってきた気がする！

「具体的には、この辺り一帯になります」

これまで静かに侍っているだけだったルーグさんが、テーブルに紙を広げた。

う、これまた……。

ホープレイズ領の詳細な地図。

確実に機密情報になる類《たぐい》の、見たらヤバイやつ。

ルーグさんはその一部を指で丸く示し、理想的な候補地を僕らに教えてくれた。

それを見て、チヤさんが目を丸くする。

「本当に、凄く良い場所。でも、どうしてここは原野のままなの？　こんな良い土地なのに……」

高低差までは分からないけど、結構な大きさの河川もある。

流域と分岐を大雑把《おおざっぱ》に見た感じ、水量はかなりあると思う。もしかしたら、日本の天竜川《てんりゅうがわ》や筑《ちく》後川《ごがわ》みたいな……俗に言う、暴れ川かもしれない。

チヤさんは原野と言ったけど、この一帯、森なんかも含めて例の湿地帯が広がっていると考えればいいのかな。

……広いよ⁉

「……あ」

何か思い当たる節《ふし》があるのか、ジョイさんが小さく呟いた。

アルグリオさんが頷いて続ける。

「ジョイ殿はお気付きか。有名な語り草だが、相当古い。良く勉強されているようだ」

「賢王問答《けんおうもんどう》、ですね。その、一般的にホープレイズ家の失態として伝えられる……」

「うむ。当家では義勇の行いとして伝えられているが、世間では失態劇、当時の王の作戦勝ちのように語られているソレだ」

土地自体に何か曰くがあるのか。

「しかし……でしたらここを王都になど、とてもできぬのでは？　話がどこまで真実を伝えているかは分かりませんが、あの時ホープレイズ家に与えられたのは、確かに広大で隆起《りゅうき》も少なく十分な水量を誇る川が通る土地。ですが……」

「常に水が浮き、人がそのまま住むには適さぬ無主《むしゅ》の地《ち》」

「ええ」

「その上、延々と病が蔓延し、治める事など到底できぬ呪われた地」

「……はい」

「賢い魔物すら近寄らん、リミアに残った秘境にして人外の領域——ナイトフロンタルと呼ばれる地」

湿地帯……どこいった。秘境になっとるやないかい！

そういう事か。チヤさんが恐れた通り、アルグリオさんにはめられた！

……のか？

いや、秘境といっても、こちとら荒野っ子ですし。

メイリス湖も綺麗だったしな。

「いくらなんでも、斯様な地を新たな王都になど、ご冗談を」

「普通ならばそう考える。しかしロッツガルド襲撃においても王都復興においても貢献を示し、陛下とヨシュア王子から今や大きく信頼される確かな実力者の存在に、私はふと気付いたのだ。勇者響すら彼に胸を借りたいと懇願《こんがん》し、秘密裏《ひみつり》に手合わせされたとか」

「!? え、ライドウさんが、そんな?」

ああ、その説明で分かるくらいには、僕って知名度あるのか。

というか、ジョイさんよ。

そこはちょっとくらい惚けてもいいんじゃないかね。

「よく考えてみてほしい。もしもだ。もしもあの地から災いが全て消え去れば、あるいはその道筋が示されたとしたなら、ナイトフロンタルの一帯はどれほど肥沃《ひよく》な地に変わるだろうか。どれほど巨大な経済の受け皿になっていくだろうか」

「……」

再度地図に目を向けて、ジョイさんが息を呑む。

途轍《とてつ》もない価値を生み出すのは間違いないみたいだ。

「そこまで考えて、私は思ったのだ。ならばクズノハ商会に頭を下げよう。そして彼らの力を一筋《ひとすじ》の光明《こうみょう》として縋り、あの地の呪いを解明してもらいたいと。これほど優れた力と実績を示してきた彼らなら、もしかしたら長く無策で放置していた我々には発見できなかった何かに気付くかもしれないからだ。今ここにいる皆の前で誓おう、事が成った暁《あかつき》には、私アルグリオ＝ホープレイズは王家にナイトフロンタル一帯を返還すると」

売却でなく、返還。

それも大きな問題点が解決された一級品の土地を丸ごととは……豪気《ごうき》だ。

絶対に何か別に企んでいるだろうけど、この人にとっても多分必死で放つ鬼手《きしゅ》なはず。

ここで全貌《ぜんぼう》を読み取るのは無理ってものだろう。

「どうかね、ライドウ殿。こちらの事情としてはこんなところなんだが。ほんの数日程度でも構わない。クズノハ商会としてかの地に赴《おもむ》き、視察してもらえないだろうか」

その言葉を聞き、チヤさんが怒りを露《あら》わにする。

「貴方は……あれほど毛嫌いしていたライドウさんに、よくも！　結局、この方を利用したいだけじゃないですか‼　貴族の勝手でこの方を利用するなんて、絶対にダメです‼」

何か熱くなって僕を擁護《ようご》……いや、アルグリオさんを非難しているけど、利用と言われてもな。

こういうケースはどっちかといえば助け合い、もしくはそう見える提案だ。

「これを利用と言い、利己的な思惑と結び付けてしまうのは乱暴というものだ、巫女様。ならば、かつてロッツガルド襲撃においてライドウ殿を利用して助かった陛下とヨシュア様も、同じ理由で糾弾《きゅうだん》すべきではないかね？　礼だとリミアに呼びつけて、結局は復興の手伝いまでさせたではないか」

僕も、そう思う。

そこまで潔癖に、誠実に生きられるほど、ヒューマンも人間も綺麗な生き物じゃない。

「屁理屈でしょう、それは！」

「貴方はまだお若い。だから見えていないものもある。誰もが得をすると分かっているなら、人は時に毒杯《どくはい》さえ呷る。私も、貴方もだ。陛下とヨシュア様がクズノハ商会のもとに赴いて礼をするのではなく、彼らを王都に呼びつけたように。時には大局を見て物事を判断しなくてはいけない時もある。それは……巫女様もよくお分かりかと思うが」

「……っ！　それでも！　私が巫女だからこそ見えているものだってあります！　ライドウという人に気軽に触れる事がどれほど危険か、貴方に分かるとでもいうのですか!!」

……。

えっと、地味に、痛い。

予想外のところからクリティカルもらった感じです。

僕は触《さわ》るな危険、劇物《げきぶつ》ですってか？

「……ライドウ殿。巫女様に代わって彼女の無礼な発言を詫びる。すまない」

「あ……ご、ごめんなさい」

アルグリオさんの謝罪で我に返ったチヤさんが、おずおずと頭を下げる。

「い、いえいえ。その、お二人にもお立場がありますから……はい。お気になさらず」

澪とライムにも大丈夫だよと視線を送りつつ、苦笑交じりに応じておく。

「巫女様ほど不用意に彼と接したつもりは全くないが。そうだ、かの地は水に縁が深い。ならば巫女様も同行してくだされればいい。そしてライドウ殿をフォローしてもらえれば、これはヨシュア様や勇者響にもプラスになる。彼らがナイトフロンタルで行動するのがそれほどに不安ならば、良き提案だと思うがどうだろう？」

思わぬ展開に焦り、僕は堪らず口を挟む。

「アルグリオ様。巫女様はせんぱ――勇者様のパーティの一員でもあります。今回は例外的な別行動のようですし、そこまでのご迷惑をおかけするわけにはいきません」

流石にこんな子供をこれ以上拘束するのは申し訳ない。

お姉ちゃんと呼んで慕《した》っている先輩のところに早く帰してあげたいんだ。

別に僕らがそのナイトフロンタルに向かうにあたって、彼女が必要になるとも思えないしな。

澪とライム、それに亜空と連絡が取れれば問題ない。

「しかし、彼女とてライドウ殿に迷惑をかけたままではその勇者と行動を共にするローレルの巫女として面目《めんぼく》が立《た》たないというものであろう。謝意や償《つぐな》いというものは何かしら行動で示す必要があると、私なら考える」

「……少し、少しだけ時間をください」

チヤさんの小さい声。

いや、だから来なくていいのに。

危ないところらしいし、僕らだけで十分、なんて考えていると……。

「別に貴方の助けなどいりません。さっさと響の所にお帰りなさいな」

今まで黙っていた澪が冷たく言い放った。

「澪！」

「……失礼しました」

慌てて注意したらすんなり引き下がってくれたけど、いきなりよろしくない煽《あお》りをするな！

確かに話も長くなってきたし、正直、僕も戻って休みたい。

はぁ、駄目だな。顔に出てたかな。

だから澪が代わりに言ってくれたんだろうか。

よくよく考えてみれば、澪のストレートな発言は、結局僕もどこかで思っている事だもんな。だとしたら情けねえ話ですよ。

幸い、アルグリオさんもチヤさんも気分を害した様子はなく、そのまま会話を続ける。

「澪殿は苛烈《かれつ》だな。巫女様は時間をと言うが、クズノハ商会の方々はどなたもご多忙な身。私もなんとか視察だけでもとお願いした次第だ。当然、明日にはもう彼らにはかの地に向かってもらうつもりでいる。となれば、猶予は一晩だけしかないが、それでも問題ないかね？」

「……構いません」

「そうかね。ジョイ殿はユネスティ家のご当主、見送りの任であればナイトフロンタルに同行する必要はない。私からヨシュア様に経緯《けいい》も含めて説明するから、安心してお帰りいただきたい。当家までの道中、ご苦労であった」

「……そう、ですね。ありがとうございます」

ジョイさんも、何か歯切れが悪いな。

見送りとしてはここまでで終了で大丈夫だろうと、アルグリオさんも言ってくれた。

僕としても〝おいおい、まだリミアにいるんだから付き合えよ〟とは毛頭《もうとう》思ってない。

薬はもうヨシュア様に渡してあるし、使い方だってしっかり添付《てんぷ》した。お姉さんが薬の関係で困る事はない。後は無事に帰るだけが彼のお仕事だ。

でも、一つ気になる事がある。

「アルグリオ様、一つよろしいでしょうか」

「なんでも言ってくれ、ライドウ殿」

「ルーグ氏はリミア有数の商人とお見受けしました。まさか地図を広げてもらうためだけに呼びつけたなどとは思えませんが……」

ここまでの流れだと彼が同席する意味がない。

「ルーグには君達に同行してもらう予定でいる」

「ええ!?　あの、商会の代表をなさっているんですよね？　秘境と呼ばれる場所に一緒に行くなんて、どうしてまた？」

「思い付きとはいえ火急の用件ゆえ、今回のナイトフロンタルまでの道中は当然転移を使って短時間で進んでもらう予定で、用意を進めている。しかし、時間が限られている以上、準備が間に合わぬ部分も当然あろう」

確かに。流石に明日出発という状況で、人員、物資ともに万全に調えるのは、大貴族であっても不可能だろう。行き先が悪名高いタイプの秘境となれば特に。

「そして残念ながら、此度は私が同行する事はできない。申し訳ない話だが、まだ私はホープレイズ家の当主であり、跡を継ぐ息子は負傷して伏せったまま。更に私は個人として大した戦力も持たぬ。しかし、当主としての名は色々と役に立つ」

ふむ。確かに、この領内でのホープレイズ家の好感度はかなり高い。当主の意向で動いているとなれば、各地の協力は得やすそうに思える。

「だから私が出入りの商人として信頼しているルーグに、私の代わりに君らに同行してもらおうというわけだ。領内でも私と彼の関係を知る者は多い。それに、道中何か必要な物があるたびに君らの財布を開けさせるのでは申し訳ない。入り用な物があれば全てルーグとエンブレイ商会の名で決済してほしい。ナイトフロンタルについての調査がどういう結果になろうと、今回私はライドウ殿が望む報酬は用意するつもりでいる。たとえ爵位《しゃくい》であれな」

『!?』

おっと、これにはルーグさんもかなり驚いた様子。チヤさん&ジョイさんはもう今夜は驚きっぱなしだ。気持ち汗ばんでいるもんな、みんな。

ここでの話はリミア王国に属する人にとっては相当な規模のものなんだろう。

別に、僕は爵位なんていらないし、望む気もない。

でも、白紙の手形を僕に渡す気でいるのは、正直少し意外だった。

この一件の報酬については、終わってから結果次第でまた交渉する事になるんだろうと思ってたから。

経費くらいは払ってもらうつもりでいたら、そっちは最初から僕らが立て替える必要もないらしい。至れり尽くせりだ。

しかも豪商と呼ばれるような商人としばらく同行できるなら、話を聞きたいし観察もしたい。少しだけ楽しみができた。

「長らく時間を頂戴《ちょうだい》してしまって申し訳ない。では、ひとまず話はここまでで、お開きにしよう」

明朝の予定やこまごまとした確認を済ませ、ようやく僕らは解放された。

クズノハ商会、ローレルの巫女、ユネスティ家で分かれ、それぞれの寝室に案内される。

僕らに何かする気はないだろうけど、他の二人については背景もよく分からないし、アルグリオさんとバチバチやり合ってもいた。変な動きがないかだけ注意しておこう。

澪に目配せすると、任せろとばかりに頷いてくれた。

頼もしいね。じゃ、二部屋の状況は分かるとして。

後は明日か。

メイリス湖か白の砂漠程度の秘境なら、病気でも呪いでも水でも早々に原因とかも分かりそうな気がしている。ちょっとした寄り道で済みそうな予感というやつだ。

あー、眠い。

亜空で調査や分析に動けそうな人に何人か声をかけて、明日待機していてもらうようお願いして。

今更人の入れ替えはできないから、澪とライムには引き続き一緒に動いてもらうしかない。

どうか本当に数日で済みますようにと、密かに祈りつつ。

ホープレイズ領での夜が更けていった。

◇◆◇◆◇

「対策はどうなっている？」

――深夜。

ホープレイズ邸の執務室で、アルグリオとルーグが二人きりで話を続けていた。

旧交を温めていた、というのではない。明日からの動きについて、そしてこれからの動きについてお互いに確認するためだ。

「数日間限定ですが、ホープレイズ領から外に情報が漏れる事はありません」

「念話も、だな？」

「ええ。それにしてもアルグリオ様。これはとんでもなく危険な賭けですよ？」

「ははは。ルーグよ、とんでもなく、どころではない。以前お前から教わった〝焚火《たきび》の明かりで火薬をこねる〟だったか。あれに近い」

「……鮮明な愚行を示す言葉としてご紹介した気がしますな」

「それほどさ。今夜、私はリミアどころかヒューマンをチップにして、賭《か》けに出たかもしれんのだから」

「勝率は気になさっているようなので、多少気休めになりましたが。そうですか。私も随分と危ない話に乗せられているんですねえ。それにしても、アルグリオ様はお人が悪い」

「巫女の事か？」

「ええ、クズノハ商会に同行するように仕向けたでしょう？」

「他ならぬ水の精霊の巫女だからな。ナイトフロンタルでは役に立つだろう」

「でしょうね。下手をすればクズノハ商会などより、ずっと。彼女一人で事足りるかもしれませんよ？」

呆れたようなルーグの言葉だったが、アルグリオは冗談など気配さえ感じさせず、まっすぐに視線を返す。

なのだ」

「それはありえん。クズノハ商会は劇物だ。我々の常識など消し飛ばすほど規格外で出鱈目《でたらめ》な連中

「？　はい」

「ルーグ」

アルグリオの真剣な表情に、ルーグは少し戸惑《とまど》いを見せる。

「そう、でしょうか。私の目には代表のライドウはさほど。どちらかと言えば、その従者の二人……澪という方は女として非常に魅力的でしたし、あの恐らくは冒険者上がりだろうライムという男も久々に欲しいと思わせる逸材《いつざい》に見えましたが？」

「いかんな。それでは私と同じ失敗をするぞ。侮って格下と思い、結果、滅ぼされる」

「！」

「ヨシュアも響も、クズノハ商会を敵対者への毒として使ってみせた。効果はどうだ、王都で、そしてここで。奴らはとんでもない成果を手にしただろう」

「……確かに、クズノハ商会を招くという行事を契機に、ヨシュア様達の勢いはかなり増しそうな予感がありま す」

「それよ。結局、我らは見るべきところを間違えた。クズノハ商会をきちんと見定める事が必要だった。よくよく調べてみれば、奴らは中立を謳《うた》っている。この戦争にも、大国間の綱引きにもだ」

「愚か、ですな。中立など、なんの益《えき》もない。陣営を明らかにし、立場を示し、勝利を目指す。商人とて、大局を見る者なら当然の事です」

「だが、クズノハ商会は莫大《ばくだい》な益を生み出している。誰に？　彼ら自身と友好的に繋がっている相手に、だ」

「……」

「ならばヨシュアらと同様、私も彼らの友人になれば良い。非礼を詫び、彼らを尊重し、悩みを打ち明けた。結果はどうだ？　ナイトフロンタルへの視察、調査に出向いてくれると言うではないか。リミアでそんな商会があるか？」

「……ありませんな、あの地の情報を持つ商会であれば、決して引き受けないでしょう。商売も命あってのもの、ですから」

微《かす》かに熱気を持ちはじめたアルグリオの言葉に、ルーグはまだ乗り切れていない。

それはライドウと話した時間の差であり、そして貴族と商人の差でもあった。

ルーグから見れば、ライドウは同業の格下だ。彼独自の物差しで見た結果のライドウは、立場を超えた親友ともいえるアルグリオが評するような商会の長にはとても見えなかった。

「だが行く。クズノハ商会は、ライドウは行く。ああ、なるほど……と、私は思ったよ。どれほどの危険物であっても、これは魅力的すぎると。この上どんな難問も引き受け、解決する能力を有するとしたら。私は彼の靴《くつ》を舐《な》める事すら厭《いと》わんね」

「アルグリオ＝ホープレイズが商人の靴を舐めるなど、稀代《きだい》の見世物になりますな。是非その機会が訪れたらお呼びください」

「くくく。そうだな、ルーグ。お前はそう言うだろう。そういう目で見るだろう。今はそれでいい。私の名代として各地で彼らのために動いてくれ。金はいくらかかっても構わん。身の安全も、クズノハ商会に頼んでおく。自前の用心棒は置いていけよ」

「……っ、本気で仰っているのですか？　ナイトフロンタルに、外国の商会とローレル巫女だけを戦力に赴けと？」

「当然だ。予言してやろう、ルーグ。お前は戻ってきたら私に跪《ひざまず》き、そして今回の機会を自分に与えてくれた事を感謝する。それからお前が最初に行うのは、アイオンの辺境都市ツィーゲとのパイプ作りだ。クズノハ商会との濃く太い繋がりも欲しがるだろうな、はははは」

「……はぁ。そうなるような相手とは十数年出会っておりませんがね。今回は貴方の顔を立てて、私も命を懸けますよ。これまでの長い付き合いと恩義を信じて、ね」

アルグリオがどうしてここまでクズノハ商会などを高く評価するのか、ルーグには分からない。

だが、これまでの実績がある。クズノハ商会とは関係ない、ホープレイズ家とエンブレイ商会の間の歴史とも言えるものがある。

これほどまでに自信に溢れるアルグリオが失敗したところを、ルーグは知らない。

「ああ、頼む。オズワールには良い形でホープレイズを継いでもらわなくては困るからな」

「オズワール様、重傷だとか」

「隠されておるがな」

「片腕を失われたと情報が入っております。相当性質《たち》の悪い毒だったと」

「聞いた。だが問題ない」

「？」

「治すそうだ。クズノハ商会の薬でな」

「!?　腕の欠損を、ですか？」

ルーグが小さく息を呑む。薬に明るい彼からすれば、にわかには信じられない話だった。

「お前に頼む手間が省《はぶ》けたわ」

「……いえ、アルグリオ様。戦場で用いられる毒は多様で、それに侵されて欠損した腕の修復など、並大抵の事ではありません。正直に申し上げますが、私が全力を尽くしたとしても完治はお約束しかねる案件です。十中八九、クズノハ商会は騙《かた》りを働いているかと」

クズノハ商会を陥《おとし》れる意図からの言葉ではなく、心底からの忠告だった。

ルーグが集められた限りの情報から推察するに、オズワールは少なくとも命を優先するために毒に侵された腕を切断されている。

肩口に毒が残ったとすれば――いや、残っていなかったとしても、そこからの腕の再生、修復など尋常な手段では叶わない。

いかに新素材が日夜報告されるような異様な環境にある街――ツィーゲと関わりある商会だとしても、不可能というものだ。国の医療、魔術、製薬、全ての力を結集して挑まねばならぬほどの難題であり、一商会の出る幕ではない。

「だが、ヨシュアは自信満々で助かると言ったでな。あれの本性も初めて見たが、大したものよ。治るのだ、オズワールは。クズノハ商会の力でな」

「到底、信じられませんな。私も専門知識は持っているだけに、どうしても常識が邪魔をします」

「常識な。厄介なものだ。不要な時ほどしゃしゃり出て、必要な時ほど役に立たん。そう……クズノハ商会の中立の理由も、常識などでは答えは出んな」

「……アルグリオ様にはお分かりになると？　ちなみに、私には愚挙としか映りません」

「なんとなく、な。クズノハ商会はな、きっと興味がないのだよ」

「興味、ですか？」

一体何への興味なのか。

ルーグが首を傾げる。

どうも今日のアルグリオは、ルーグが知るいつもの親友とは雰囲気がまるで違った。時折危険な光が瞳に宿るのだ。

「戦争にも、リミアにも、ヒューマンにもな。生きようか滅びようが、どうぞご勝手に。そんな気配がライドウから感じられた」

「破滅主義者……」

商人などやっている理由が分からないが、ロクな人物ではない。

ルーグは明日からそれに同行させられる。頭が痛くなってきそうだった。

「違う。ライドウは世界がどうなろうと、自分達はこれまで通りやっていけるという、なんらかの確信があるのだ、多分な。だからこそ、彼らは誰かに頭を下げはしても、忠誠など誓わん。面倒事を避けるためにやっているだけのポーズなのだから、当然だな。あまりに無理を言ってくるなら始末して逃げればいいとでも思っている」

「ア、アルグリオ様相手にですか？　それはただの馬鹿という――」

思わず眉をひそめたルーグの言葉を、アルグリオが遮《さえぎ》る。

「私どころか、陛下だろうが、勇者だろうが魔王だろうが、誰に対してもだ。凄まじい毒、凄まじい劇薬。ヨシュアめ、よくぞアレに手を伸ばした。大したタマだと心底驚かされた。響もな、青臭い理想を語るだけの小娘だなどとは思ってなかったが……天才とは、ああいうのを指す言葉かもしれん」

「……」

「認めよう、その優れた才は。高き理想は。だが私もやられっ放しでは癪《しゃく》なのでな。ちょっとした意趣返《いしゅがえ》しをしてやろう。ヨシュアよ、響よ、我が鬼手を楽しんでくれ。くく、差し詰めライドウ返し、とでも名付けようか」

ルーグは小さく嘆息《たんそく》する。

流石に何を言っているのかと呆れたからだ。

アルグリオが考えている事が本当なら、クズノハ商会とは、その気になれば世界征服でも世界統一でも好きにできるのに、興味がないからやっていないだけ、という事になる。

そして、やりたいから商会を作って、趣味で人助けをやっている。

なんだそれは、とルーグは思う。

無軌道すぎるし、無責任すぎる。

ただただ、クズノハ商会について脅され、明日からの数日間で髪が全て抜け落ちやしないかと、本気で不安になるルーグだった。

3

常夜《とこよ》の湿原ナイトフロンタル。

ヒューマンも亜人も住まぬ――いや、住めない広大な湿地だ。

リミア王国においてご多分に漏れず、土地自体は非常に肥沃で領域の大半は平地である。

水、という一点の問題さえなんとかできれば一気に化ける土地として、多くの開発が試みられた過去もある。しかし、現在では有力貴族のホープレイズ領でありながら、全く手付かずの秘境と化しているのが事実。

この地が抱える問題は水だけではなかったからだ。

いつの間にか大小様々な問題が加わっていったとも言える。

足を踏み入れる事すら難しいナイトフロンタル奥部の森らしき場所から、黒い霧、あるいは靄《もや》のようなナニカが発生するようになり、昼でも暗くて視界が悪い場所に変じた。

元々多くの鳥や虫、植物の楽園だったが、徐々にそれらの動植物の姿や生態が魔物のそれに近づいていき凶暴化、今やまともな生物が住める所ではなくなった。

更に周辺に住んでいたヒューマンや亜人に特異な症状の伝染病が発症し、蔓延。

今やこの地に近づく者はなく、ホープレイズ家も時折出てくる魔物の討伐《とうばつ》のみ行っている。

――とまあ、最後に立ち寄った村からここまでの間に、主にルーグさん、時折ジョイさんから目的地の解説をしてもらったおかげで、事前知識はばっちり。

特に問題が山積みだって事は凄くよく理解できた。その原因、肝心なところは本当に何も分かってないんだという点もね。

そんなわけで、ホープレイズ家で歓待を受けた翌日。僕らクズノハ商会を中心とした即席の調査隊は、ナイトフロンタルの視察に来ていた。

まだ足元に水気はないものの、今いるこの辺りからナイトフロンタルの影響下にあるのか、聞いていた通りの黒い霧が見えはじめた。

森から発生しているって話だが、明らかに自然発生した感じじゃないよね。

「明らかに自然現象じゃないと思うんだけど……チヤさんはどう思う？」

水属性の専門家、精霊の巫女なんて人がいるんだから、まずは彼女に聞くのが筋《すじ》だろう。

結局夜が明けて出発時刻が近づいてきた頃、チヤさんは同行すると言って視察に加わった。

澪からの報告によると、昨夜は特に何もなかったらしいけど、その割に朝起きた時の様子は憔悴《しょうすい》しているように見えた。

今は……そうでもない。緊張は窺えるものの、秘境を前にして真剣な表情で僕の質問に答える。

「はい。普通じゃありません。できればあの黒いのは吸わない方が良いと思います」

「だよね。あんなの普通に吸っていたら、病気になりそう。ライム、調整頼めるかな」

まだなんの調査もしてないけど、黒い霧なんて吸い込みたくないのは当然だ。

病気とは無関係でも、体調不良になるかもしれない。

「お任せください」

頷いたライムが周囲に結界を展開してくれた。

僕らを包む半球形の結界が黒い霧を退ける形で視認できる。

「やっぱり、なんらかの悪影響はありそうな霧だね。ライム、微調整は続けてね。最悪でもルーグさんとジョイさんは守ってあげて」

問答無用で異空間に連れ去られたり、幻を見せられたりしないから、巴のよりは可愛いものだと思うけど……。

しかし、なんでジョイさんはついてきたのか。正直なところ、彼がここにいる意味は何もないと思う。

「承知しました。ルーグさん、木道《もくどう》の入り口はまだですか？」

湿原のイメージとして木道で進みやすくしている絵が思い浮かぶが、ナイトフロンタルでも一応木道の設置と仮設に毛が生えた程度の調査用の小屋があるそうだ。

だから、僕達はまずそこを目指す事になっている。

冒険の領域だから、ライムが率先して意見をくれたり、ルーグさん達に確認や質問、指示を行ったりしてくれている。澪は基本僕の傍だ。

ルーグさんがライムの質問に答える。

「数分も進めば見えてくると思います。ホープレイズ家の旗が目印になっておりますので、見逃す心配はございません」

「小屋までは何事もなく進んで三十分ほどでしたよね？」

「ええ」

「……なら、後続の物資運搬の方々を待つチームと、小屋まで先行して周囲の安全を先に確保するチームに分かれて進めるのが上策かと。若様、俺が残って……そうすね、ルーグさんとジョイさんもこちらに残ってもらおうと思うんですが……」

「僕と澪と巫女様で先行？」

「ここで後続を待って、合流後に全員で移動するのでは諸々動きが鈍《にぶ》くなります。巴の姐《あね》さんからも胡散臭い沼の霧なんぞ早めに始末をつけて帰ってこいと」

「巴……あいつはもう」

呆れる僕に、澪が同意する。

「いつもの事です、若様。でも私としましてもリミア料理ならともかく、こんな場所にはあまり興味はありません。手早く済ませたいのは巴さんに同意ですわ」

「はいはい。ごめんね、安請《やすう》け合《あ》いしちゃって。じゃあ、僕らで先に進みますので、ルーグさん達は買い付けした物資の運搬の方々を待って、ライムと一緒に小屋に向かってもらえますか？」

ルーグさんは、信じられないとばかりに口をあんぐりと開ける。

「……ライドウ様はこの少人数でのナイトフロンタルの調査で更にチームを分けると仰るんですか⁉」

「はは、ライムはかつてツィーゲの冒険者でトップクラスの実力を誇った優秀な男です。先の道の安全は僕らが確保していきますので、ご安心ください。協力してくれる商人や運搬の方々とはルーグさん達の方が上手く調整できるでしょうから、お願いします」

なんならルーグさん達にはそのまま木道から小屋までの運搬だけやってもらってもいい。

当然、奥の視察にはそれなりに危険が伴《ともな》うと思うし……。

僕の力『界』で奥をざっと調べたところ、異様なほど敵意が多かった。レーダーが敵を示す赤で埋め尽くされている、そんな感じだ。

……その割に生き物の気配は微弱というか……少なめというか。

何かしら面倒な場所なのはもう疑いようがない。

「それじゃ、後で調査用の小屋で合流しましょう。巫女、はぐれるんじゃありませんよ？」

「だい、大丈夫です！」

澪に呼ばれ、チヤさんが小走りで駆け寄る。

彼女を呼ぶなら〝さん〟か〝様〟をつけておけと澪に言おうと思ったけど、やめた。ツィーゲで先輩達のパーティとは知り合いになっているみたいだし、まあ大丈夫かな。

はぐれるも何も、木道は一本道だから僕と澪で挟めば心配ない。澪を先頭に、チヤさん、僕と続いて木道を進んでいく。

黒っぽい靄が光を遮るせいで、まだ陽は高いはずなのに湿原全体は大分暗い。

「なんだろうな……見られているのとも違う。でも落ち着ける感じでもない」

特定の誰かや何かに狙われている気配はない。

ただ、落ち着かない。

僕と同じ違和感を覚えたのか、チヤさんが呟く。

「ここ、変です」

「チヤさん？」

「精霊の気配が全くありません。これだけ水が豊富な湿原でこんな事……信じられない」

澪も精霊の不在を感じとったらしく、チヤさんの言葉に同意を示す。

「言われてみれば、確かに精霊の気配がありませんね。水の精霊どころか、ここには精霊自体存在しません」

「つまり、自我がない下位の精霊も含めてって事？」

僕の質問に、チヤさんが頷く。

「はい。あまりにも不自然です。誰かが意図的に精霊を排しているとしか……」

精霊の専門家であるチヤさんのお言葉となれば、まず調べなきゃいけない異常の一つはそれかな。

「精霊を排除、かぁ」

その割には自然溢れる環境になっている。

何がしたいんだかよく分からなくて気味が悪い。

おっと、ようやく〝第一沼人《だいいちぬまびと》〟発見。

これは、蛇か。そこそこでかい。

「澪」

「はい」

界で見つけてから数秒後、水溜まりから勢いよく頭を突き出してきた大蛇がチヤさんを狙う。

この中で一番狩りやすいのが彼女だと考えての行動だろう。

獲物を狙うごく普通の行動で、何者かの意図は感じなかった。

水溜まりのサイズから考えて異常な大きさだったくらいか。

「？　え……っ!!」

チヤさんが蛇の方を向いた時には、もう危機は去っていた。

トンッと軽い音で着地した澪の右手には大蛇の頭が乗っかっていて、胴体は沼に残ったまま。

生々しい音とともに頭を砕かれて大蛇は絶命した。

澪は木道から沼に下りると、蛇の胴体を豪快《ごうかい》に掴《つか》んで亜空に放る。

傍目《はため》には闇の中に投げ込まれ消えたように見えるが、違う。

多分、そのうち食卓に出てくると見た。

そうそう、黒い霧のサンプルも亜空に送っておくか。

どさくさに紛《まぎ》れて、僕も霧を詰めた小瓶を亜空に送る。

「湿地帯とはいえ、アクロバティックな蛇だった」

「沼に潜み、瞬時に加速しての狩り。適応してますわね、コレ一個体ではなさそうです。美味しいと嬉しいけれど」

まずは蛇か。

湿原の生き物っていうと、虫とか鳥のイメージしかなかっただけに、正直少し意外だった。

羽虫の類は五月蠅《うるさ》いくらいいるんじゃないかと覚悟してたら、いないもんな。

植物も結構独特なのが生えているし、僕の知識なんて役に立たないかもしれない。

「ありがとうございます、助かりました」

「いえいえ、そのために僕らが前後にいるんで」

その後、僕らは世間話なんかをしながら湿地を進み、妙な植物と、普通サイズの蛇の群れの襲撃を撃退して小屋に到着した。

しかし……調査用と聞かされていたけど、これは……。

「なんというボロ小屋。ここを拠点に何をしろというのか」

「ど、同意です。みんなが入るだけで一杯になりますよね。どうやって寝るの……？」

僕とチヤさんの印象は一緒だった。

小型の山小屋で、しかも大分年代物。

……いやこれ、山小屋ですらなさそうだな。炭焼き小屋くらいが適当か？

この異様な湿地に建物を建てたという意味では評価するけどさ。ここで寝泊まりして調査の拠点にするってのは無理がありすぎるぞ。

「……若様」

澪が扉を見て僕を呼ぶ。

「あ、誰かいる？」

「はい。もしくは、ナニカですね」

頷いて扉に近づく。

界で内部を探ると、二つの命を感じ取れた。

人が襲われている、ような感じだけど……。

チヤさんに手振りで合図して、後ろに下がってもらう。

澪と視線を交わし、僕が先頭に入れ替わって扉に近づき、開ける。

いきなり何かが襲ってくる事はなかった。

念のため、界に反応があった方に、魔術で明かりを作って放ると、状況がはっきり見えた。

人と魔物だ。両者の大きさは同じくらい。

誰かは分からないけど、真っ赤な魔物らしきものに襲われて相打《あいう》ちに……。

違う、これは……。

「ダニ？　っ、まずい!!」

明かりか僕の声に反応した真っ赤なモノの動きに対し、咄嗟《とっさ》に障壁を張る。

直後、人と一緒に横たわっていたように見えたダニが破裂した。

小屋内に衝撃波と体液が炸裂《さくれつ》し、自爆の痕跡は障壁にも生々しく残った。

「うぇ……気持ち悪。って……げ！」

赤い体液が障壁にべったりとついたのを見て辟易《へきえき》していたが、僕は異変に気付いた。

体液が蠢いている。

良く見れば、それは体液ではなく……無数の子ダニ。

さっきのは自爆じゃなくて、産卵!?

いや、もう孵《かえ》っているところを見ると、体の中で育てていたのを放流したのか？

母体を確認すると、体の大部分が弾けていて、確かに死んでいる。

すぐ傍にいた人の方は……そうだろうとは思っていたけど、既に手遅れだった。

元々何らかの手段で生かされていただけだったのが、さっきの破裂でお亡くなりになった感じだ。

「ち」

小屋の内壁、床、天井に、無数の子ダニが蠢いている。

一匹一匹の大きさはマチマチで、ゴマ粒ほどのものから親指の先くらいのまで。

完全にここは汚染されたと言える。

あの母ダニ、多分人の血を存分に吸った結果、ヒューマンと同サイズにまで膨《ふく》らんだんだろう。

焼き払うしかないか。

幸い、チヤさんも澪も少し離れた所にいる。

あのダニの気配は小屋の外には感じない。

小屋を丸ごと包むサイズの火球を作り、そのまま熱と破壊の力を上昇させる。

「え、ライドウさん、何を」

慌てるチヤさんを、澪が宥《なだ》める。

「黙って見ていなさいな。どの道、使い物にならないボロだったんだから、構いませんでしょ」

「確かにボロボロでしたけど、ないよりはあった方が良いですよ、絶対!?」

「心配いりませんわ。職人なら良いのが揃ってますから」

「？」

そんな二人のやり取りを聞きながら、大きな火球で小屋を丸ごと完全に焼き消した。

「澪、エルドワを呼んで小屋を再建。しっかりしたのをな」

「はい」

僕が何を言うか分かっていたのか、澪はすぐに闇でカモフラージュした亜空の門からエルドワこ
とエルダードワーフの職人を複数名召喚。
出てきた棟梁《とうりょう》達に、僕は口元に人差し指を当てて合図する。彼らはその意味をすぐに察してくれ、
無言のまま澪の傍に待機した。
申し訳ないけど、召喚した一時的な存在のふりをしてもらった方が、ここでは面倒も少ないだ
ろう。
「ヒューマン十人ほどが滞在できる、資材置き場を兼ねた一時的な拠点を」
言葉を発さない代わりに、力強く頷いたエルドワ達が早速動き出す。
「え、え……？」
亜空での建築に加え、ロッツガルドの復興で経験を積んでいるエルドワは、戸惑うチヤさんを尻
目に要望通りの建物を組み上げていく。
さっきまでのボロ小屋とは雲泥《うんでい》の差《さ》と誰もが思う、なかなかのコテージをあっという間に建て、
木道と繋がる広めのウッドデッキをおまけにつけた。
沼地ゆえの基礎の弱さは深めの杭と補強材でフォローし、コーティングの付与魔術は全体に。
見事な仕事を終えて、彼らはさほど汗もかかずに亜空に戻っていった。
最後に揃って敬礼してみせたのは実に見事。
ありがとね。

「ちょっと面倒なダニがいた。澪も気を付けておいて」

「分かりました」

「じゃ、チヤさん。中で後続を待ちましょう」

「……」

僕が声をかけても、チヤさんは絶句したまま。

「チヤさん、中に入りますよー」

「……あ、はい」

こんな不気味な湿地でぽけーとできる、どこか大物な巫女さんの背を押すようにして、コテージに入れる。

ライムの方は、この程度なら心配は不要だな。

ふぅ。ここがおかしくなった原因を調べて、除去できるなら新王都候補地として王家に返還ね。

今のところは〝人が住むのは諦めてください〟の一択みたいなところだよ。

どこまで本心で、どこに企みが隠れているのか分からないけど……アルグリオさんも思い切った事を言ったもんだよ、ホントに。

◇◆◇◆◇

ライム達は特に問題なく、襲撃も受けずに全員無事にコテージまで来てくれた。

予想していたのとは随分違う建物が立っている事にルーグさんは驚き、ジョイさんはどこかほっとした様子だ。

物資を運んでくれた三人の男女は帰すのかと思いきや、このまま僕らの世話に当てると、ルーグさんが言い放った。

明らかに別の意図があるように感じる。

王都候補地という言葉が頭をよぎる。

――で、今。夕食後、ルーグさんを呼んで気になった事を確認している。

「まさか、彼らは〝カナリア〟というわけですか？」

生きた警報装置、あるいは人が暮らせるかどうかを見極めるための文字通りの人体実験用。

あまり気分の良いものじゃない。

「カナリア？　いえいえ、単に身の回りの世話をする小間使いのようなものですよ」

首を傾げるルーグさんに、再度問う。

「……ここが王都に相応しい地であるかの実験台ではないんですか、と聞いてるんです」

「……であったとして、ライドウ様に何か不都合でも？」

「あまりスマートなやり方ではないと思います」

「……なるほど、これほどの建物を片手間に作ってしまう貴方がたなら、彼らの存在などなくとも人が問題なく住めるかどうかの確認は取れますか」

あっさりと僕の危惧していた意図を肯定されてしまった。

けど、それならそれで良い。実際病気になるか、まともに住めるかなど、人体実験する必要なんてない。もしやるにしても、僕らがそれなりに調査してからでも問題ないはずだ。

「ええ」

「ならば、彼らは明日にでも帰しましょうか。危険手当も込みで破格の高報酬で雇った連中ですから〝安く〟済ませられるなら、私もその方が助かります」

ルーグさんは明るい顔をして手を叩き、軽快な音を鳴らす。

「安く……ここで何日か過ごす事も契約の内容に入れているわけですか」

「はい。その部分をなしにできるのであれば、私としては万々歳。人道的なライドウ様も大満足。何も問題ありません。早速手配しましょう」

「……はぁ。何が言いたいんですか、ルーグさん」

妙に楽しそうな彼の様子が、何か裏がある事を僕に悟らせてくれる。

特にこの人が隠そうとしていないから分かるだけで、僕が成長したわけではない。

なんだっていうんだ。

「別に言いたい事などありませんよ？」

「じゃあ……それであの荷物持ちの人達はどうなるんですか？　とお聞きすればいいんですか？」

「気になるんですか？　彼らから報酬を奪おうという貴方が？」

「僕は彼らの安全を気にしているだけで、報酬を奪うつもりなんてないですよ」

危険手当がそういう意味合いで破格に出されている事は知らなかったけど。

「ナイトフロンタルの調査は基本的には生きて戻れません。生きて戻れても正気は失うとされています」

「……」

「まあ、私やジョイ氏、それからクズノハ商会の皆様や巫女は、覚悟を持って任務に参加しているから問題ありませんがね」

そう言ってのけた上で、ルーグさんは続ける。

「だから、私も彼らをそれなりの値で雇いました。具体的にはこの仕事を終え生きて戻れた場合、自分を買い戻せる金額を報酬にしました」

「……奴隷ですか、彼ら」

全員ヒューマンだったから、貧乏農民とかホームレスまでは予想していたけど、奴隷とは。

居そうであんまり見かけないんだよな、奴隷って。

「はい。偶然ながらそれなりに不幸な者達です。チャンスを与えてやるのであれば、一応私もそれに相応しい者を選んでやりたいですから。あまりに時間がなかったので吟味したとも言えませんがね」

「ここで帰せば、彼らは？」

「もちろん、報酬は八割減にしますので、人生を変える事はできませんね」

「……」

「ああ、人道的な貴方が差額を全部お支払いになると言うなら、ご自由になさってください。別に私の方に文句などありませんので」

どうもこの人にはあまり好かれていないような。

商人として、僕の在り方が気に入らないのか。

それとも値踏みか？

僕かクズノハ商会を短期間で深く知るために、色々大胆な手を仕掛けてきているのか。

真意はまだ読み取れない。

会話にも乗ってくれるし、返答も誠実だ。

今だって、別に彼らが奴隷である事も隠さないし、このまま帰したところで彼らの未来はさして変わらないと教えてくれている気もする。

一時的にとはいえ、僕とアルグリオさん――ホープレイズ家は敵対する間柄《あいだがら》になっていた。

そのシコリみたいなものがまだ残っている……そんなところだろうか。

ルーグさんは僕の返答を落ち着いた目で待っている。

「貴方が非人道的だとは申しません。僕は別に聖人君子ではありませんよ。なんの仕事もしていない者に大金を持たせる道楽はやっていません」

「……ほう？」

「そういう話なら、明日にでも彼ら自身の意思を確認して、それを尊重する事にしますよ。仮にもルーグさんがやり直しの機会を与えた人達なんですから」

「……私などに忖度《そんたく》とは、恐れ入ります」

頭を下げたルーグさんの顔は僕からは見えず、表情も、考えている事も分からないままだ。

リミアで豪商と呼ばれている一人だけあって、この人も貴族や王家と渡り合う腹芸が得意な人だろうからなあ。今はこんな感じでやっていくしかないか。

なんて、軽く憂鬱《ゆううつ》な気分になっていると、床が大きく揺れた。

「――――!?」

ルーグさんが辺りを見回す。

「な、なんだ!?」

これは地震？

この世界に来てからはあまり経験がなかったけど、懐かしい感覚だ。

地面そのものが揺れ、建物にも震動が伝わってきている。縦にズドンとくる感じじゃない、横揺れだ。

大きく波打つのと揺り返しとが混ざったような、細かで体にまで響くような震動。

長い。

チヤさんやジョイさん、荷物持ちの人達の悲鳴が聞こえてくる。

リミアでは地震は少ないのかな。

澪やライムは特に取り乱している様子はない。

敵の侵入も、外部からの攻撃もなし、ただ揺れているだけだ。

いや、局地的なものなら魔術による攻撃って可能性もあるのか。

周囲を界で探ってみる。


「……な」


予想外の事態が起こっていた。

結論から言えば、これは地震じゃなかった。

それどころか、日本じゃ絶対にお目にかかれない、ファンタジーな現象だった。

僕らの周りが……動いてる。

正確には、今僕らがいるコテージと、その周囲の土地が湿地を移動していた。

パネルをスライドさせるパズルみたいだけど……規模がまるで違うな。

釧路湿原《くしろしつげん》ほどの広さの中で、基本的には奥に向かう方向に、僕らは高速で運ばれていた。

そりゃ、横揺れだわ。

それにしても、凄い発想だな。

ぶっ飛んだ日本人ならともかく、ヒューマンだの亜人だのに、こんなのが考え付くの？

そうこうして揺れに耐えて襲撃を警戒していると、やがて移動が終わったようで、揺れも止んだ。

僕は椅子から立ち上がった姿勢のままで、ルーグさんは四《よ》つん這《ば》いで頭を両手でガードしていた。

おお、結構正しい対応。

再び界を展開し、位置関係を確認する。

奥にあった森らしき影の近くか。あそこが湿地の終端《しゅうたん》であれば、ほぼ反対側までスライドさせられたって事だ。

こちら側からナイトフロンタルにアクセスした例はないようだから、最奥部付近とも言うか。

「い、今の地響きは、伝え聞くグロントの怒りですか？」

グロント。ああ、上位竜のおば――お姉さんか。

あの人は厳密には砂竜というらしいけど、地竜も兼ねているのかね。

地震は竜の怒りね。納得。

そしてリミアでは地震はあまり一般的ではないというのも、なんとなく分かった。

「さあ、僕の故郷ではああいうのは地震と言いましたが。どうもコレは違うようですね」

「？」

「ルーグさん、立てますか？」

ルーグさんは僕に頷き、ゆっくり立ち上がる。

「ええ、もちろん。驚きはしましたが、私も命を懸けてこの地に入りましたから。大丈夫です」

……命を懸けてか。そうだよな。

ジョイさんもまだ話してはくれないけど、何か事情があるんだろうな。

チヤさんも。

僕らはともかく、リミアの人にとって、ここは何が起こるか分からない秘境だ。視察してこいってのは、死ぬ覚悟はしておけって言われているようなものだろうし。

「では、一度外に出ましょう。早速ナイトフロンタルが歓迎してくれたようですので」

「……？　分かりました」

僕らが来た時、入口から小屋までの木道は無傷だったし、あそこから先にも木道は伸びていた。つまりこれは、少なくとも今までは、入り口付近では起き得なかったはずの事象。決して、悪いだけの流れじゃない。

僕は部屋を出て、リビングダイニングになっている広間に顔を出す。

そこには既に、荷物持ちの人々とジョイさん、チヤさんがライムに連れられて出てきていた。

澪……もいるな。

ダイニングの奥で蛇肉を相手に格闘している。これはさっきまでと変わらない光景だ、なんか安心した。

「旦那《だんな》、ひとまず緊急時って事で、戦えねえのをこちらに集めましたが」

「流石ライム。みんな無事で何より」

集まった人達の顔色は悪いけど、誰も欠けてない。

「一体今のは？」

ジョイさんだ。ルーグさんが言ったグロントの怒り、というのも一般的な知識じゃなかったか。

「あれはきっと地震です。ローレルで何度か同じような揺れを感じた事があります。でもこんなに長くて大きいのは初めてです」

チヤさんは地震を知っているようだ。ローレルでは知られている現象なんだな。

そんな彼女を、澪が呆れ気味な目で見る。

「はぁ、小娘。今のは地震とかいうのじゃありませんよ」

「でも、確かに地震の揺れでした」

「若様、説明しても？」

お。澪は僕と一緒で何が起きていたか分かっていたのか。

じゃ、任せよう。頷いて、澪に続きを促す。

「では、僭越《せんえつ》ながら。いいですか？　今のはこの建物と周囲の土地が何らかの力で移動させられた、その揺れです」

『？』

見事に誰も理解してない。想像しにくいのは僕も同意なだけに、思わず苦笑が漏れる。

「あー、お馬鹿にも分かりやすく説明しますと、この建物が――ナイトフロンタルでしたっけ？

この濡れた地の奥深い所まで引き寄せられたんです」

建物が移動させられる。そのあまりにも非常識な言葉は、まだみんなの頭の表層をとことこ歩いている感じだった。

でもゆっくり理解するだけの時間を、向こうは与えてくれなかった。

コンコン、と。

コテージの入り口がノックされたのだ。

『!!』

いつから視察がホラーに切り替わった!?　正直今のは僕もかなーりゾクッときたぞ！

全員の視線が入り口の扉に集まる。

するとまた――

コンコン。

ちなみに、扉の向こうには気配がない。

敵意もない。

はーーーーっ。

「澪、ライム。障壁」

二人が僕の言葉に頷く。

言うまでもなく、張ってあったし。

じゃ、行きますか。

「ちょ、ライドウ殿⁉」

扉に向かう僕を、ジョイさんが慌てた様子で呼び止めた。

とはいえ、向こうはもうノックしてきているし、調べた感じ誰もいない。

こうなったらもう開けてみるしかないでしょ。

向こうに次の一手を切らせるより、ノックに応じた方が良い気がする。

「せっかくのノックですから、迎え入れてみるのも一興《いっきょう》かと。皆さんの事は守りますから、深呼吸でもして落ち着いていてください。その、皆さん酷い顔色していますよ？」

軽い冗談で場を和《なご》ませて、僕は扉の前に立つ。

非常に不本意ながら誰も笑ってくれないので、場の緊張はむしろ増した。

せつなみ。

「どうぞ」

そう言って、予《あらかじ》めかけてあった施錠《せじょう》の術を解除し、扉を内側に開く。

「っ」

吹き込んでくる風。

いや、あの黒い霧だ。

密度が高い。

でも、吸い込むようなヘマはしない。

僕以外の全員も、障壁で防げている。

広間を駆《か》け巡《めぐ》った黒い霧が、僕らから少し離れた場所でひと塊《かたまり》に集まっていく。

妙だな、これだけ意味のありそうな動きをしているのに、風にも霧にも意思を感じない。

何かがおかしい。

そんな中、みんなの驚愕が広間に満ちる。

『!?』

黒い霧は……大きな人の顔に変化した。

男か女か、はっきりしない大きな顔。特定の誰かの顔じゃなくて、ヒューマンの顔を模しただけ、みたいな。

部屋の誰かが息を呑むのが聞こえた気がした。

黒い霧が形作る顔が目を見開く。

赤い瞳だ。両目とも禍々しく輝いていた。

続けて口が大きく歪み、笑みを形作った。

「ミ」「ナ」「ゴ」「ロ」「シ」「ダ」

顔は、ゆっくりと一音ずつ声を発した。

ミナゴロシ――皆殺しね。

言い終えると、これまた老若男女が合わさったかのような奇妙で不快な笑い声を大音量で発し、顔は消え去っていった。

結局、最後まで……あの笑い声の最中でさえ、何も感情を感じなかった。

でも僕以外、特にリミアチームとローレルの巫女様はそうではなかったようで、かなりの恐怖を刻まれた様子だ。

違和感の正体を考えるよりも、こっちのケアが先だな。

少なくとも、ミナゴロシとか物騒な事を言った割には、すぐに何かを仕掛けてくる雰囲気も気配もない。

朝になったところで、こう霧が濃いとどこまで明るくなるのかは分からない。

それでも、今は皆さんを落ち着かせてから寝かせて、朝を待つのが得策だろうな。

こうして、ナイトフロンタルの初日はいきなり波乱の中で幕を下ろした。

4

翌朝。

僕は周囲を軽く調べた結果をみんなに話す。

「川が近いようで、最初にいた所よりずっと水気が多い地面です。全方位、沼に近い。木道もありませんから、基本的にはウッドデッキの外には出ない方が良いでしょうね」

ああ、見事に全員顔が真っ青だ。

みんな、朝ご飯もあまり食べていないようで、澪が若干不機嫌なんですが、どうしてくれる。

くるぶしくらいまで沈み込む程度だったから、歩いて探索するのも可能だよ、という朗報も伝えていたんだけど。外に出るなって情報の方に余計に恐怖を募《つの》らせたみたいだ。

チヤさんがうわごとのように呟く。

「精霊の干渉が全くなくて、魔力も乏《とぼ》しい。その上、あんな恐ろしいモノまで出てきて孤立だなんて……」

よく分からないモノというのならともかく、チヤさんともあろう人が、恐ろしいモノと決めつけるのはどうなんだろうな。

確かに精霊の気配は全くないままらしいし、魔力についても周囲から感じ取る限り希薄だ。

間違った事は言っていないんだけど……。

「やはり、来るべきではなかった。足手まといどころか、殺されるのをただ待つ身になるとは……」

ジョイさんも大分悲観的だ。

いや、でも貴方に関しては本当にもう、なんで来たんだ？

「最悪は死も覚悟していましたが、まさかこうも早く終わりを迎えますか。最後の最後に道を見誤ったか、運に見放されたか」

ルーグさんまで縁起《えんぎ》でもない事を言いはじめる。

あの顔、そんなにインパクトあったのか。

僕に言わせれば胡散臭い感じだったのに。

ついでに荷物持ちチームの三人、男二人女一人を見る。

こっちはこっちで独特な空気だ。恐怖は感じているけど、同時に同じくらいの諦観《ていかん》が同居している。

他のみんなと違って絶望じゃないのは、元々一《いち》か八《ばち》かの賭けに参加した意識があったからか。

〝もしかしたら〟程度の希望を抱いていただけなので、嘆くよりも諦める方が先に来ているのかもしれない。なんだかなあ……。

ライムが小声で話しかけてくる。

「旦那、よろしいですか？」

「何？」

「昨夜のトラップと今のアレで、全員心を大分やられてます」

「みたいだね。視察とか調査を始める空気じゃない」

「で、少しばかり考えがあるんですが」

ライムが顔を近づけてくる。

そんなに聞かれたくないなら、念話にすればいいだろうに。

わざわざ内緒話をする——してみせる事に何か効果があるのだろうか？

だったら乗ってみよう。ライムの耳打ちに耳を傾ける。

（死を覚悟して弱っている今なら、それなりに情報を吐き出すかと）

（情報？　ジョイさんがついてきた理由は気になるけど、現状打破には役に立ちそうにないよ？）

（いえ。ルーグも、チヤも、何か事情があると見ました。ここは個別に話をしてみるのが吉かと。澪の姐さんはありもので美味《うま》い朝飯を作ってくれたんすけど、皆あの様《ざま》で。俺がちぃとずつ食わせるように仕向けるんで、旦那は順番にサシで話をしてみるってのは……どうすか？）

（……了解。澪のフォロー、任せる）

（全力を尽くしやす）

ふぅ。死を覚悟している……ね。なるほど、この状況なら隠し事や悩み事を誰かに打ち明けるかもしれない。

じゃあまずは……。

「ジョイさん」

「え、私？　なんでしょう」

僕に声をかけられたジョイさんは、ビクリと肩を震わせる。

「ちょっとお話が。外の空気でも吸いますか？　それとも部屋の方が？」

「……部屋で。すみません、今冗談は……」

？

いや、冗談の要素はどこにもなかった。

大分重症だな。

僕はジョイさんを先導し、自分用に割り振られた部屋に入る。

簡易ベッドに腰掛けたジョイさんは、重いため息を何度も何度も、飽《あ》きる事なく吐き続けている。

エンドレスか！

「追い詰められています？」

あえて軽い感じで切り出してみた。

「っ!!　当然です！　こんな悪夢みたいな土地でわけの分からない場所に拉致《らち》されて！　皆殺し宣言をされているんですよ！」

「まあ……そうですね」

おお、初めて感情を露わにしたジョイさんを見たかも。驚きとか怯えじゃなく、激情って感じの。

ジョイさんは今にも泣きそうな顔で独白を続ける。

「間違えた……。私は間違えたんです！　いくらヨシュア様についたとはいえ、ここまでする必要はなかったんだ！」

ああ、彼のお姉さんがヨシュアさんに協力して、ホープレイズ家の長男を治療しているんだったな。

「クズノハ商会とホープレイズ家の間に何かあれば、できるだけ詳細に報告をと、ヨシュア様に頼まれていたんです……。もちろん、姉に薬を都合してもらったお礼というのもあります。オズワール様の負傷はただの治癒魔術でなんとかなるレベルのものではありませんでしたので」

「……」

「けれど……ナイトフロンタルの視察など……流石に無茶だったんです。もしかしたらクズノハ商会なら秘境相手でもなんの問題もないのかと勝手に期待しましたが……この悪夢の地には為《な》す術《すべ》もないようですし……もう……終わりです。私の軽挙でユネスティ家が揺らぐ……。先祖にどう詫びればいいのか」

「……」

為す術なしというか、まだ何もしていないだけなんですが。

移動トラップにも対処できず、顔にも嗤《わら》われて逃がしてしまった――そんな風に思われていたのか。

あの揺れが移動と気付いて、黒い霧にも冷静に対処したとは、見てもらえてなかったんだ。

なるほどなー、見え方って大事だ。

そして人から話を聞くのも。

ライムには感謝だな。早速、僕が思いもしなかった方向の情報を貰えた。

ヨシュア王子への義理というか、貢献というか。

あの時同行できる人がユネスティ家関係者では彼しかいなかったから、一縷《いちる》の望みに縋って同行を決めたと。今回の一件はクズノハ商会とホープレイズ家の間の出来事って形になるもんねえ。それにチヤさんもいる。

そういう事ね、ジョイさんについては完全に理解した。

「あのローレルの巫女ですら恐怖するような水の魔境、私などひとたまりもありません……」

で、密かに頼りにしていた巫女さんもびびってるから、余計に絶望した。

「なるほど、それで……ふぅん……」

平然としている僕の態度が気に入らないのか、ジョイさんが声を荒らげる。

「それでって……ライドウ殿！　貴方は今――！」

「ああ、殿とか堅苦しいんで、さんとか呼び捨てで構いませんよ」

「へ、は？」

ついでに助けるというよりは……こういう人ならきちんと見返りを求めた方が安心してもらえるか。

非常時でも、ちゃんと立場を明らかにしておく事で、アルグリオさんの時に受けた誤解は繰り返さずに済むかもしれない。

ルーグさんにしても、少し接し方を考える必要があるな。格上の商人だからって、下手《したて》に出すぎて変に侮られてしまったら、良い関係になれるはずがない。

チヤさんは日本人——あの娘《こ》にとっては〝賢人〟か——の知識と先入観があるから、また別の接し方にした方が円滑《えんかつ》に進むかもな。

「あの、ライドウ、さん？」

「ジョイさん。いくつか勘違いをされているようなので、聞いてください」

「……ええ、はい」

「まずこのコテージは丈夫です。昨夜も今も、中に黒い霧が入ってくる事も、湿気で不快という事もなかったでしょ？」

「……」

「なんなら、奥地まで連れてこられた移動の時だって、揺れはしましたが壊れてはいない」

「……あ」

「食事については最悪現地調達になるでしょうが、荷物持ちの人達が、しばらく滞在するには十分な量を持ってきてくれています。見ましたよね？」

「み、見ました」

少しずつ、ジョイさんの顔から緊張が引いていく。

「ええ。水については魔術で賄《まかな》えます。水の巫女であるチヤさんもいます。怪我や病気も大抵は、あの方なら治療可能でしょう。別に何十人もいるわけじゃないので、魔力の枯渇《こかつ》を心配する必要も現状ではありません」

「……ですね」

「そして、僕らクズノハ商会は——先ほども軽くやってきたばかりですが——周囲の探索だってできます。この移動も、黒い霧とあの顔の謎も、こちらに干渉してきた以上、解く機会は必ずあります」

「……は、はい」

「どうです？　言うほど悲観的な状況ですか？」

「それは、でも……」

「なら取引をしましょうか。ジョイ＝ユネスティ」

「？」

「我々クズノハ商会が、貴方をここから無事に連れ出して差し上げます。報酬はいかほどいただけますか？」

「報酬、と言われても。私がここで死ねばユネスティ家は三つに割れかねない。助かるならどんな謝礼だって――」

「それではダメです」

「!?」

「今のお家、ユネスティ家の事をよく考えてください。領地の事もです。人、物、金。他に特筆すべき点。問題点。色々あると思います。よく考えて、我々に支払える報酬について現実的に検討してみてください」

「今のユネスティ家に払える報酬……」

「ええ。真剣に考えてください。返答は今夜聞きますので、それまでは食事をきちんと取って、頭を働かせてください。まだ恐ろしいのなら、みんなのいるリビングで思索に耽《ふけ》るのも良いでしょう」

「……分かり、ました」

話は終わった。

家と領地の事を考えていれば、少しは恐怖も紛れるだろう。

ジョイさんをリビングまで送り、次にチヤさんを呼んだ。

ビクリと肩を震わせた彼女は、小さく頷いて僕の後をついてきた。

なんだかな、ついこの前までは〝チヤさん〟だったのに、今は〝チヤちゃん〟だな。

年相応の仕草をやっと見た気がする。

……いや、僕と初対面の時に悲鳴を上げて卒倒した彼女も、一応の素か。

思い出すと、やっぱりダメージでかいな。

確か僕は白いのっぺらぼうで、裂けめに目……だっけ？

なんの暗示なのかねえ。今そこを詳しく聞くのはＮＧだろうから、いつかの機会に話を聞いてみたいところだ。

「失礼します」

おっと、チヤさんはさっきまで僕が座っていた椅子の方に座った。

なら、僕はベッドの端でいいか。

「どうぞどうぞ。びっくりしました、水の精霊の代弁者であるチヤさんが、ここまで怯えた様子を見せるなんて」

ジョイさんも悪いんだよな。

こんな少女を頼りにしたりするから。もっと言えば、秘境だの魔境だの悪夢の地だの、次々に怖そうなワードを連呼するから怖くなるんだ。

「……世界の果てだって、もう少し精霊と魔力がある場所でした。こんな奇妙な場所、初めてなんです」

「でも、一晩考えて……というか、ヨシュア様か響先輩に行ってこいって任されたわけでしょう？」

個室だったし、一晩しか時間がなかったと言っても、この世界には念話という魔術がある。

先輩達とは入れ違いで、直接顔を合わせる機会はなかったとはいえ、念話で連絡できない距離というわけでもなし。更に言えば、彼女が独断で決められるような行動でもない。

いくら周囲の魔力が希薄で精霊の力を感じないといっても、こんなに、普通の少女みたいに怖がる必要はないと思う。

「……、です」

「え？」

「相談……できてないです」

「……なんで？」

素で聞き返してしまった。

危険な場所に同行を求められたんだし、彼女は自分の立場や価値も十分に理解しているはず。

先輩にも王子にもなんの相談もせず自分の頭だけで考えて……なんて論外じゃないか。

「理由は分からないんですが、念話、全然繋がらなくて。でも朝はじきに来ちゃうし、ホープレイズ卿が言っている事は全く信用できないけど、矛盾はしていなかったから、私、行かなくちゃって思ってしまって」

「……うそー」

「でも、来てみたら、精霊も魔力もほとんど感じない不自然な湿地帯でした。正体の分からない黒い霧が立ち込めていて、その上全く魔力を感じない強制移動に、あの何も感じ取れない顔と声……！」

「……」

「私の知っている世界がまとめて壊れているみたいで、急に怖くなってしまいました……」

魔力が溢れている空気が当たり前で、精霊といつも身近だったからか。

分かるような分からないような。

「気付いたら震えが止まらなくなって眠れなくて……」

それにしても、念話が使えない？

はて、そんな事は全くないはずだけど。

――っ、ひょっとしてライムが直接耳打ちしてきたのは、それが原因!?

いや、だったらあの時一緒に報告するか。

(テステス。三秒以内に応じたら完熟バナ――)

(ハイ！　貴方の下僕、エリスが承ります！　ご用件は!?)

試しにロッツガルドの店員と念話してみたら、ばっちり繋がった。

(あー、テストだから用件はもう済んだ。連絡しておくから、報酬は夕食時にでも貰うように)

(オーバー!!)

なんだ、使えるじゃないか。

「念話なら……使えると思うんですけど？　今も通じないんですか？」

しかし、チヤさんは非難めいた視線を僕に向けてくる。

「……嘘はやめてください。昨夜だって何回も試したけど……全く駄目でした！」

「はて」

「きっと、黒い霧か、あの顔が何かしてるんです……」

いや、一昨日ホープレイズ家の屋敷でもそうだったんなら、順序がおかしいでしょ。

おかしいな。えーと、ヨシュア王子——に念話は、流石にまずいか。

じゃあ響先輩に……。

（テステース。真でーす。響先輩、聞こえましたら、応——）

（真君!?　真君なの!?）

すぐに先輩の反応があった。

繋がるじゃん。チヤさんだけジャミングでもかかっているのか？

（あーども。少しぶりです。テストなんで、特に用事は……あ、そうだ、先輩。僕が絶対知らないような、チヤさんの軽い秘密があったら教えてくれませんかね）

（チヤさんって、えっと。真君よね？　もうリミアを出たはずだけど、まだチヤちゃんと一緒なの？）

（え？　アルグリオさんに頼まれて土地の視察をやる事になったんですけど……聞いていません？）

（なん……ですって？　全く聞いてないわよ!?　土地って、それにチヤちゃんは？）

（ええ、チヤさんとジョイさんも一緒ですけど。で、そのチヤさんの面白系のですね）

（どこ!?　その土地！　名前は!?）

なんだか先輩、大分焦っている。

（ホープレイズ領内ですよ？　えーと、ナイトフロンタルとか言ったかな）

（な……あそこを、視察？）

（ええ。で、チヤさんが、念話が通じないって泣いてて）

（念話が、通じない？　まさか……一昨日から）

（チヤさんはそう言ってますね。まあ、こうして使えてるんで、まずはその証拠代わりに僕が知らないはずの事を何か教えてください。納得してもらったら、チヤさんに何かジャミングがかかっていないか一通り調べて解除しますんで）

（……できるのね？）

（状態異常の類なら。現に僕の方はロッツガルドとも先輩とも通じていますからねえ）

（分かった。ともあれ、少しの間チヤちゃんをお願い。真君が頼りよ。そうね、チヤちゃんには……アオスリの実を朝のジュースに入れてたって教えてあげて）

アオスリ？　野菜か何かか。

まあ、僕はもちろん知らないけど、念話の証拠になればいいや。

(了解です。では)

念話を切断して、ぽけーとした表情のチヤさんの方に視線を移す。

「ライドウさん?」

「響先輩と念話してみました。いけましたよ」

「嘘!」

「じゃないんですよね、これが。証拠と言ってはなんですけど……先輩、朝のジュースにアオスリの実を入れてたみたいですよ?」

「!?」

「教えてあげてと言われたんですが」

「お姉ちゃんのバカーー!!」

「!?」

めっちゃ沈んでたチヤさんが、いきなり大音量で叫んだ。

あれか、ハンバーグに苦手な野菜が入っていました的なお知らせをされた子供の、魂《たましい》の叫びか?

僕もキュウリだって言われて細かく刻まれたゴーヤを食べた時には脳がパニックになったけども!

「言ったのに! もう食べなくても大丈夫だからって言ってくれたのに!!」

……みたいだね。なんとまあ微笑ましい。

それにしても、凄い威力だ。あれほど落ち込んでいたチヤさんが、今は活き活きとしているようにすら見える。流石、響先輩。

「……ええっと、納得してもらえた？」

あ、子供と話す口調になってしまった。

まあいいか。なんか、そういう気分だし。

「……しました!!」

チヤさんが頰《ほお》を膨らませて答える。

「元気でよろしい」

「でも、納得いきません！　私に状態異常やジャミングを施すなんて！　精霊の祝福を受けた品だっていくつも装備していますし、私自身の魔力も、賢人様と張り合えるくらいはあるのに！」

「一応調べてみますね。念話できないままじゃ困るでしょ」

返答は聞かないまま界を展開し、チヤさんをジャミングしている何かを探る。

さてさて、どんな悪さをされて……あれ？

界でも……分からない？

そんな事あるか？

ジャミングどころか、状態異常も呪いも何もされてない、ぞ？

全く正常だ。

「……？」

「チヤさん、ちょっとなんでも良いから魔術を使ってみてくれます？」

「え、あ、はい」

髪飾りから精霊の力が漏れ出し、チヤさんがそれを術にしていく。

ごく短時間で彼女の掌《てのひら》の上に拳大《こぶしだい》の水球が浮いた。

正常だな。

「どうも。勿体《もったい》ないので、その水は水差しに足しておいてください」

「分かりました。でも、一体なんです？」

「それが……状態異常も呪いもジャミングも、何もなくて」

「でも、私確かに念話が使えないんです。通じないんです」

「ふむ……」

嘘を言っている様子はない。

本気で困っている。

信頼している先輩やヨシュアさんに念話が繋がらず、しかも訪れた先で精霊にも頼れない状況になり、魔力もさほど多くない地で〝ミナゴロシダ〟と言われた、か。そりゃ精霊の巫女様じゃなくて〝ただのチヤ〟に一時的に戻ってしまっても仕方ないかもな。

それにしても、僕と彼女の違い？

念話以外の魔術は普通に使えるようだし、魔力も普通に扱えている。

なら、念話そのものが原因？

と言っても、念話なんて、使える人だったら誰だって……あ。

同じ、ではないね。

僕や亜空のみんなは、念話を改良しているんだ。ヒューマンや亜人が普通に使っている念話は盗聴される恐れがあるからね。それか？

つまり、普通の念話は使えなくなっているのか？

だとしたら……。

(テステス。アクア、三秒以内に反応したらバナナケーキをホールでボーナスにしてあげるぞー)

再びロッツガルドに念話――さっきはエリスだったから、今度は同じ森鬼《もりおに》のアクアを呼んでみる。

……。

……。

なるほど、繋がっている感じがしない。

女神に飛ばされて初めて竜殺しのソフィアに遭遇《そうぐう》したあの時の感覚に似ている。

「どうやら……通常の念話が阻害されているみたいです」

「通常のって、どういう事です？」

「念話の術式として一般的に知られている詠唱のものだと、確かに僕も念話が使えませんでした。でも、クズノハ商会で改良を加えた亜種だと問題なく使えるんです」

「念話の改良？　なんのために？」

「より正確に、より遠くと念話ができるようにするのが改良の主目的でしたけど、一応、魔族とか優秀な魔術師に盗聴されないように、というのもありますね」

「っ!!　盗聴!?」

余程意外だったのか、チヤさんは露骨に驚いた。

「だって、あれだけ一般的に出回っている詠唱ですから、チヤさんや先輩だってその気になれば、多分逆算して自分の感知できるエリアの念話なら拾えちゃうと思いますけど？」

「……考えた事もありませんでした」

下衆《げす》の思考には間違いないからね。巫女様が思いつかないのは無理もない。

でも、先輩はどうだろうな。

妨害手段はリミアの誰かが持っているようだし、盗聴の可能性にもあの人は気付いていそうだ。

「一応、僕を介してで良ければ先輩とも話せますけど、どうします？」

「え？　ライドウさん達が使っている念話を教えてもらえば、私が直接話せるんじゃ」

「詠唱を公開したら、先ほども言ったように僕らの危険が増すので、それはできません」

「私、誰にも漏らしません！」

「本当ですか？　先輩にもヨシュア様にも教えません？」

「私、精霊の巫女です！　約束は絶対に守ります！」

絶対、ね。あまり好きな言葉じゃない。

特にこういう、勢いだけで言ってるのは。

「じゃ、教えます」

「え？」

「でも、もし先輩やヨシュア様、リミアの誰か、ローレルの誰かがクズノハ商会の念話を使用していると分かったら……どっちの国もミナゴロシ、ですよ？」

あの顔の言葉を借りてちょっとからかってみたり。

「ひっ！」

ちょっと脅かすだけのつもりだったけど、思ったより効いてしまった。

「なんて。どうします？　巫女様が本当に絶対に秘密を守れるのなら教えますよ？」

敵意のない普通の笑顔でフォローする。

チヤさんと話しているのは恐怖を和らげるのも目的なんだ、せっかく先輩が良い感じに普段の彼女に戻す言葉を教えてくれたのに、僕が後から台無しにしてたんじゃ申し訳ない。よろしく頼まれてるんだから、さ。

「……」

黙り込んでしまった。

「チヤさん？」

「……やめて、おきます」

「じゃあ僕を介してにしますか」

「それもイヤです。全部ライドウさんに聞かれちゃうじゃないですか」

「そこはもう、必要経費と思ってもらうしか」

「……少し落ち着いて、思ったんですけど。クズノハ商会の方はライドウさんだけじゃなく、澪さんもライムさんも、全然怖がっていませんよね」

「僕らはまあまあ修羅場《しゅらば》をくぐってきていますから」

「この気味の悪い場所でも、何かしら勝算がある、という事ですか？」

「探索結果次第ですが、響先輩からもよろしくされましたし、チヤさんは先輩のとこにちゃんと帰す気でいますよ。もちろん、チヤさんをはじめとして皆さんの協力次第でもありますけど」

特にチヤさんは、巫女としても水属性の魔術師としても期待している。

ジョイさんよりずっとだ。

「常に一緒にいる精霊の力しか使えないので、いつも通りの力を揮《ふる》うのは無理です。けど……」

「けど？」

お、良い目になってきた。

〝チヤちゃん〟じゃ足手まといだけど、〝チヤさん〟なら戦力として数えられる。

「怪我や軽い病気程度なら、今の私でも十分に診《み》られます。さほど威張《いば》れるものじゃありませんが、水辺《みずべ》の植生や生物についての知識もあります。……ここではなんの参考にもならなそうですけどね」

「十分です。自分がやれる事を分かっていて、進め、止まれ、戻れがちゃんと冷静にやれるなら、バッチリです」

「……やって、みせます。貴方を、クズノハ商会を信じます」

「了解。もう大丈夫そうですね。では、最初の任務です」

「……」

「三食しっかり食べて、荷物持ちの人達をケアしてあげてください。ウチのライムも手伝いますから、気負わずに」

「ライムさん……。はい、任せてください」

やる気になってくれたチヤさんを伴って、リビングへ。

おし、ジョイさんは飯食った。

ルーグさんも、少しは食べてくれているようだ。

順番を察したのか、ルーグさんが手にしていたグラスの中身を飲み干した。

僕が近づくまでもなくこちらに向かってくる。

「……次は私、ですかな」

「はい。ルーグさん、どうぞ」

さて、この人はどうして商人なのに死の覚悟までしてここにいるのかね。

上手く解《ほぐ》して、前向きになってもらえますように。

再び僕の部屋に戻り、ルーグさんと向き合う。

「さて……私は貴方に吐き出して楽になりたい事などはありません。何を話しましょうか」

「んー、僕としては、同じ商人として、成功した先輩に聞きたい事が沢山ありますね」

ルーグさんはわずかに目を細めて僕を見る。

「……陣営としては〝良くて敵対はしていない〟程度の関係で、商売のノウハウを教えろと？」

「今でなくとも。これからの関係次第でそうなれば良いかな、とは思っています」

ここで終わる気も死ぬ気も更々ない事を暗に示しておく。

何故だかリミア勢は、このくらいの状況でもう終わったかのようなお通夜《つや》ムードだもんな。

豪商と呼ばれるほどの商人のルーグさんでさえそうだ。

格としては多分レンブラントさんとかと張り合う人だろうに、なんでだ？

「ふっ、まだ助かる気でいるんですか。大物なのか大馬鹿なのか。アルグリオ様が我々の異変を即座に察知したとして、救助を差し向けるのにどれだけかかるか。……いや、もしかしたらここまで辿り着く事すら叶わないかもしれません。この場所の正確な座標を割り出せたとしても、念話は通じません。商人にしては諦めが良いと思われているでしょうが、商人だからこそ現状からの生還がどれほど絶望的か客観的に理解できるのですよ」

「……念話が使えない事、よくご存知ですね」

「数日ほど、ホープレイズ領内では使えぬようになると、アルグリオ様から聞いておりますので。あの方の一手は複数の作用を持つものが多い。きっと何かお考えの上でそうされたのでしょう。私達には見事に裏目に出ましたけれど……ね」

一手に複数の意味を持たせる。まるで囲碁や将棋の世界の話みたいだな。実際に、現実でそれをやれる人は滅多にいないと思う。

しかしルーグさんの口ぶりだと……もしかしてここで僕らが皆殺しにされても、別に悪い結果じゃないと、アルグリオさんは考えている？

どうだろうな。僕らだけなら、実はまだ嫌われていたとしても不思議じゃない。

ジョイさん、彼も……派閥云々次第ではなくもない。

でも、チヤさんとルーグさんまでここで死なせても構わないなんて計画、立てるかな。

チヤさんの死は即外交問題に発展する。ローレル連邦の要職、中宮《ちゅうぐう》の地位にある彩律《さいりつ》さんは、魔族関係なしで戦争を起こしかねない。

そして言うまでもなく、ルーグさんの死はアルグリオさん自身の力を弱める。

たとえ十歩先が読める人でも、悪手だと切り捨てる選択じゃないかな。

五十歩百歩先を読み切るなら妙手になりうる?

「いや、そこまで読んでいる人だとしても……結果的には……」

五十歩先の見える者は多くが犠牲《ぎせい》となり、百歩先の見える者は正気を疑われる。

好きな言葉の一つだ。

誰の言葉だったかな、現代の名言格言的な本で見たんだっけ。

「アルグリオ様の策をここで貴方が読み切るなど、不可能ですよ。長く話したのも先日が初めてでしょうに」

「……ええ。ただ、先を読みすぎても失敗するのがこの世の常《つね》ってものです。誰かに先んじて成功したいなら、せいぜい十歩先が見えれば足りる」

「……ほう。されど五十歩先を見たところで犠牲となり、百歩先まで見通せば正気を疑われる、ですか?」

「え?」

「アルグリオ様から聞いたのでしょう? ホープレイズ家の格言だそうですね」

「……マジか」

あそこも昔々、どこかで賢人との交流があったのか? たまたま異世界でも同様のメンタルを持った偉人がいて、似たような格言を残す偶然なんて、信じられない。

絶句する僕を訝《いぶか》しげな目で見ながら、ルーグさんが思い出したように口を開く。

「？　ああ、そうだ。一つだけ、貴方に聞いてみたい事がありました。死にゆく仲間として教えてもらえませんか？」

「はい、なんでしょう？」

「ホープレイズ家の次男、イルムガンド様は、ロッツガルドの事件において亡くなったと聞いています」

「……ええ」

父親の目の前で、彼は死んだ。人の姿ではない状態で。

思えばかなりきつい別離だ。

一時的に全ての憎悪が僕らに向いたのも……仕方なかったのかもしれないほどに。

ただ、イルムガンドがどうしてあそこまで僕を憎んでいたのか、それは未だによく分からない。

「私にはどうしても信じられないのです。あの、時に窘《たしな》めたくなるほどに理想を追求していた御方が魔族の側につき、賊徒《ぞくと》として討伐されたなど。何か、理由があった。どうしようもなくなるほどの理由が。そう思えてなりません」

この人もイルムガンドをよく知る人だったのか。

だから僕らへの態度もどこかキツめだった。納得。

「すみません。何故の部分は僕にも分かりません。ですが……彼、イルムガンドは確かに試合の最中に変異体となり、僕の講義を受けていた学生らによって討伐されました。学園の精鋭部隊も幾人かが彼の犠牲になっています」

「……間違いありませんか？　本当に？」

「彼が変異したところからは、陛下もヨシュア様も、アルグリオ様も全部ご覧になっています」

「なんと……アルグリオ様、陛下まで？　そんな……あまりに惨《むご》い」

僕の言葉を聞き、ルーグさんが項垂《うなだ》れた。

「僕と彼とは実はほとんど接点がないんです。いつの間にか妙な言いがかりや因縁をつけられるようになって……。一度、僕が暗殺者に狙われた時に近くにいたので保護した事があったのですが……その程度の事しか覚えがありません」

あいつ、僕の何がそこまで気に入らなかったのか。

あの時だって、こちらは暗殺者の襲撃の巻き添えにならないように守ってやった方だ。

それを恥と思う事くらいはあってもおかしくない。でも、家の権力まで使って嫌がらせするレベルで恨むかね？

「私も本当はあの学園祭に行くはずでした。時に送られてくるイルム様からのお手紙でも明るい話題しか書かれておらず、突然の訃報《ふほう》に頭が真っ白になりました」

「……ご愁傷様です」

「やっとケリュネオンの生き残りを見つけた、それもアーンスランドのルリアだと。昔馴染みの娘さんと再会したんだと、本当に嬉しそうな、弾む文字のお手紙でした……」

ケリュネオン？　アーンスランドの……ルリア？

再会⁉

ルーグさんの口から出たいくつかの単語に、僕は思わず息を呑む。

「……」

「ああ、そうですね。ライドウ様にはまるで分からない言葉だらけですね。ケリュネオンというのは、魔族の大侵攻で滅んだ亡国エリュシオンに……従属する中堅国家の一つです」

いや、それは知ってる。

ルリアと、その姉のエヴァがそこの出身なのも知っている。

魔族の大侵攻から逃げ延びた彼女達が、心や記憶、在《あ》り様《よう》まで歪めてしまうほど苦しい思いをしていた事も。

僕が黙っている理由を勘違いしたルーグさんが、説明を続ける。

「ルリア＝アーンスランド様はケリュネオンの貴族の娘さんでしてね。ホープレイズ家とは両家の当主――つまり、アルグリオ様とアーンスランド家のスフラン様が、戦友にして親友のご関係という縁で付き合いが深く……」

エヴァとルリアからホープレイズ家との関係は一切聞いた事がない。

もしかして……あの姉妹がケリュネオンから無事にロッツガルドまで辿り着けたのは……ホープレイズ家の有形無形の支援があったおかげ？

「イルム様は幼少の時に戦火で行方不明《ゆくえふめい》になったルリア様達を本当に心配なさっておられました」

「まさか、エヴァとルリアの知り合いだったなんて……知りませんでした」

何気《なにげ》なく。

本当に何気なく、狙いも何もなく。

イルムガンドとアーンスランド姉妹の関係を知って驚くままに、二人の名前を出してしまった。

「!?」

ルーグさんが目を見開く。

昔話をしていた商人の顔から、鋭い眼光《がんこう》を宿した男の目に。

瞬時に変わった。

しまった。何かやらかしたっぽい。

でも……あれ？　商人って感じじゃないのはどうしてだ？

ルーグさん、まさか彼自身もあの姉妹と関係があるのか!?

「今、確かに仰いましたね。〝エヴァ〟と〝ルリア〟と」

やっぱりかーーー!!

「……」

「ええ、うむ。間違いなく聞きました。君にはエヴァ様の名など、私は絶対に教えていない。にもかかわらず、先ほど君は二人の名を、さも言い慣れた人物のソレを呼ぶように口にしました」

完全に商人の目じゃないぞ。

どこか幽鬼《ゆうき》をイメージさせる……そうだ、これは……執念《しゅうねん》。

もしくは妄執《もうしゅう》。

いかれた暗殺者やら反女神思想に染まった学園講師にも似た、独特な感情。

ゆらりと立ち上がり、近づいてきたルーグさんは、座ったままの僕を見下ろす。

「君は……何者だ？　荒野に伝手を持つツィーゲの商人、ではないね？」

いつの間にか口調が変わっているし、君とか呼ばれてる。

物凄く警戒されたのが、ひしひしと伝わってくる。

解すつもりが完全に逆効果になっちまった!!

「やはり、先ほどの言葉は嘘ですか。イルム様との間に、何があった」

「……それは」

そこは本当に何もない！

僕もクズノハ商会も、イルムガンドが変異体になった理由にも結果にも全く関与してない！

あーもう、あの時……!!

あの時？

……そうだ。

僕はこういうのが面倒で、だったら誰にも詮索《せんさく》されない場所を作っちゃえって思ったから……。

それに、今回の場合、嘘でもなんでもなく、ただ僕自身が把握している情報を選んで出すだけで大丈夫……だよね。

おお。

「もはや、事実が分かるのなら手段はどうでもいい。どうせ死を待つ身、失うものなどないのだから」

ルーグさんが凄い剣幕で詰め寄ってくる。

「その事実については、僕は嘘など言っていません」

「待っていろ、今すぐ証文を書く。もし君が生きて戻れたのなら、エンブレイの全てをくれてやる。その代わりに全てを教えるんだ。悪い取引ではないだろう。君はどうやらまだ生きる事を諦めていないようだからな」

……。

す……凄い。この状況でも暴力には訴えないのか。

あくまで、交渉において切る札を選ばねえからな、って事か。

根っからの商人だ、この人。

半分冗談だったけど、商売のノウハウ、是非聞いてみたくなった。

「や、僕は仰る通りここで死ぬ気はありませんが、ルーグさんを死なせるつもりもありません。だから、その無茶な証文は書かないでください。交渉などしなくても、僕が知っている事は話しますよ」

「なに……？」

そうして僕は、学園都市ロッツガルドでエヴァとルリアと出会い知り合った事。

ルリアは飲食店でバイトをしていて、エヴァは学園で司書の一人として働いていた事。

二人とも迫害から逃れるためにアーンスランドの姓は名乗っていなかった事。

エヴァの危険思想への傾倒《けいとう》やら、ルリアの昔の記憶が曖昧なところなんかはぼかして、ルーグさんに説明した。

そうか、ルリアはイルムガンドの事を覚えていなかったのか。

ルーグさんは大人しく話を最後まで聞いてくれた。

何か口にするたびに〝異議あり〟と来られたら、話そのものが進まなくなるから、本当に助かった。

それに、他のケリュネオンの生き残りについて、僕はほとんど知らないって事も信じてくれたみたいだ。

よし、もう〝ケリュネオンは滅びてなかった論〟はこの人には通用しないわけだから、こうなったら嘘の上塗《うわぬ》り第二弾、アイツの名前も使わせてもらおう。

「では……アーンスランド家のご令嬢は二人ともがロッツガルドで生きておられる？」

「それは、その……」

「まさか変異体事件でお亡くなりに!?」

「生きてはいます」

「知っているんですね、行方を！　教えてくれるのでしょうね！　君はそう言ったはずです！」

「その前に、お分かりだとは思うんですが一応確認を」

「秘密の厳守、か。ああ、アルグリオ様にも、いや、一切を他人に漏らさないと誓います。何を代償とする契約でも構いませんとも！」

先刻承知か。

ここまで情報を求めている人に、虚偽《きょぎ》を織《お》り交《ま》ぜるのは心が痛みもする。

でも、ロッツガルドで大勢の命を見殺しにまでして得た僕の切り札でもある。

受け入れるとも。

「彼女達は、あの事件の最中、ある人物と出会ったんです」

「ある人物？」

「はい、以前リミアにも現れたと聞いています。金色の柱と共に降り立つ……」

「まさか、魔人？　リミアだけでなくロッツガルドにも現れたのですか!?」

情報を良く集めている人で助かる。

「そのようです。ロッツガルドでも同様に金色の柱が立ちました。多分、同一人物かと思います」

「そ、それで？」

「エヴァとルリアは柱とともに消えました」

「は⁉　それでは行方など分からぬという事ではありませんか⁉」

「いえ、後日エヴァから連絡が入りまして」

「⁉」

「ケリュネオンを魔族から取り戻したと言うんです」

「……？」

ルーグさんの目が点になる。

ですよね。

「二人は魔人の助力でケリュネオン一帯の魔族を駆逐《くちく》し、砦《とりで》として使われていた場所を城に見立てケリュネオンを再興した、と」

「……あの、気は確かですか？」

「しかし、少なくとも二人は生きていて、ケリュネオンとされるあの豪雪地帯には確かに人が暮らしはじめていました。それに……孤立した地で魔族を追い出し、国を再興させるなんて、あの湖を作った魔人という存在にしかできないんじゃないかと、僕も思わざるを得ません……」

「魔人はもうケリュネオンにはいないのですか？」

「僕は会っていません。代わりに冒険者ギルドが全力で支援している感じでした」

「……」

ルーグさんから、穴が開くほどにじっと見られる。

「ルーグさん？」

「君は……いや、ライドウ様はもしかして、そのケリュネオンに行った事があるんですか？」

「……ええ、冒険者ギルドのトップから頼まれまして。変異体事件で名前が売れていたからかもしれませんけど、何故かウチを名指しでした。だから何度かケリュネオンには行きました。エヴァとルリアはケリュネオンで、まあ……なんとか頑張っています」

「……あぁ」

「？」

ルーグさんの表情がころころと変化していく。

最初の幽鬼の如き負の感情は鳴りを潜めて、代わりに一縷の希望を見つけたような表情になったり、かと思えば、ひどく現実的なドライな表情になってみたり。

人の表情ってのは……多様だなあ。

「何故？」

「え？」

「何故、知り合いとはいえ、エヴァ様とルリア様は貴方をそこまで頼ったんです？　分からない。優秀な講師にして商人だったとしても、お二人が心を開くとは……思えません。私にとって望外の、途轍もない奇跡が目の前にあるようで……しかしどこかで疑念も消えてはくれない。私の中で、何かが足りないままなのです」

「あの二人が僕を頼ったわけ、ですか。直接聞いた事はないんですが……僕の両親がケリュネオンの人だったらしいんで、そういうのもあるのかと」

「なんですって⁉」

「ですから、僕の両親――生き別れか死に別れか微妙なところなんですが、どちらも生まれはケリュネオンらしいんですよね。といっても、エヴァからそう聞かされたというだけで、僕自身に実感は全くないんですけど」

もし日本に戻る手立てが見つかったら、再会もありえるから、生き別れと言える。

でも、結局帰還手段なんてないって事になったら、実質死に別れだよな。

二人の似顔絵から辿った結果、『ケリュネオンの悲恋』みたいな物語と酷似していて、十中八九間違いないってな感じだった。疑おうと思えばきりがないし、別の候補があるわけでもない。

実際、名前もまだ正確に知らないもんな。

日本では深澄の姓、名前が隼人《はやと》と霞《かすみ》だったけど、そのままって事は、流石にないだろう。

ローレルならともかくケリュネオンじゃなあ。

「ならば……ライドウ様もケリュネオンご出身、だと？」

「いいえ。僕自身は荒野のベース出身です。両親についても似顔絵を持っていただけで、名前も知らないんですよ」

あれ、自分で言っていてなんだけど、かなり悲しい生《お》い立《た》ちになってないか？

「その似顔絵を見て、エヴァ様がケリュネオンの出身者だと口にしたのですか？」

「ええ。なんでも、エヴァが知っている話によく似ているそうで」

「差し支えなければ、教えていただいても？　私も、その内容次第では貴方に打ち明けねばならない事があるかもしれません。似顔絵も……もしお持ちなら拝見したい」

ルーグさん、マジでケリュネオン関係者か。

ホープレイズ家とアーンスランド家の関係だけでお腹一杯気味なのに。

奇縁とはこの事かね。

似顔絵なら持ち歩いているから問題ない。

話も、聞いた内容を大雑把に話すくらいなら大丈夫だ。

「似顔絵はこれです。話の方は、ケリュネオン出身の父母の恋愛話ですよ？　ケリュネオンを出てエリュシオンの神殿で仕事をする事になった母と、ケリュネオンに残って後継ぎになるために頑張る父が、紆余曲折《うよきょくせつ》の末に国を出て、どこかで幸せになったらしい、とか」

戯曲的にベタ甘の恋愛劇になっているから、詳細を語るのは物凄く恥ずかしいんだな、これが。

内容はもちろん把握しているけど、昼ドラをハリウッド調に仕上げた感じで、もう……ね。

あらすじでも分かる人にはこれで伝わるのではなかろうか、と期待する僕です。

「な！　この絵は……それに、そのお話は女神の試練、イオとトートの悲恋じゃないですか」

〝深度《イオ》〟と〝清澄《トート》〟の悲恋？

なんだ、今の。聞き間違い？

イオとトート、だよな？

今は共通語でも聞き取りはほぼ完璧にできてるってのに。

女神のくれた『理解』だかなんだかが邪魔をしているんだろうか。

「貴方が、あのお二人の子だなんて……いくらなんでも、それは……。しかも荒野に放り出されていたなど……」

ルーグさんはうわごとのようにブツブツと呟き続ける。

「僕の両親と知り合いなんですか？」

「いや、本当だとしたら、今また疑念を向けるなど……あって良いわけが……」

「……」

うーん、また考え込んでしまった。

何か打ち明けてくれる事があるんだったら、聞きたいんだけど。

ルーグさんとの関係としては、良い方向に転がりそうな予感があるし。

「ライドウ様」

ルーグさんは逡巡《しゅんじゅん》と思索の末に切り出した。

「はい」

「もしも仰っている事が全て本当であれば、私は貴方に敵対するなど、到底できません。して良いはずがない、そういう身上を持つ者です。しかし……ご無礼を承知で一つ、証を見せていただきたいのです」

彼はケリュネオンに何か深い恩義があるか、あるいはそこで暮らしていたとかだろうか。

少なくとも絞り出すような声からは誠実さを感じた。

「証、ですか。何をすれば満足してもらえるんでしょう」

「既にお察しの通り、私はケリュネオンと深い縁を持っています」

「はい」

「そして、あの国に愛着を持っておりました。アルグリオ様と親しくお付き合いさせてもらっているのも、元の縁はケリュネオンにあります」

「……なる、ほど」

「貴方ご自身はケリュネオンの記憶などはないと仰いました。ですが同時に、この時期雪深いかの国を訪れた事があるとも。確かに、今時分であればケリュネオンの国土は厚い雪で大半を覆われているでしょう」

「ええ」

「ではどうか、私にとって思い出深いものを見せてはいただけませんか。ケリュネオンには、〝森の至宝〟と呼ばれるものが二つあります。それを」

ルーグさんが挙げた名前には覚えがあった。

「森の至宝って……ストーブコーンとマンガールオークの事ですか？」

熱を発する幻の山菜ストーブコーンに、優れた繊維素材になる毛を纏い、肉も美味とされる珍獣マンガールオーク。

いずれも僕が見つけて、ケリュネオンの特産にできないかと、エヴァに託した。

「ご存知、ですか」

「先日、エヴァからそんな話を聞きました。晩秋から冬にかけてのものだとか」

「その通りです。もし私にそれを持ってきてくれたなら、私は全面的に貴方の協力者になりましょう。以後、どのような要件でも、お力になります」

「たとえば、こんなところで死ぬ気はない、生きて帰る！　と心変わりしてもらう事も？」

「……ふふ、その程度は、願いが叶った瞬間から」

「全員で生きて帰るために協力もしてもらえる？」

「無論です。貴方が望むのであれば、誰一人欠けずに生きて帰すために、全力を尽くしましょう。もっとも、今の私にできるのは人一人にやれる限りの範囲で、という条件付きになってしまいますが」

「……うん、十分です。それで行きましょう。森の至宝、近々お持ちしますよ」

「!!　生ける奇跡を、私は見ているのかもしれませんな。悔しいが……どうやら私の目はアルグリオ様には遠く及ばないらしい」

具体的には、今日の夕方か明日。

これから探索に出るふりをして、澪とケリュネオンに行くか。考えてみれば、彼女にもあの二つ、見せてやりたいもんな。

これで、なんとかルーグさんも前向き化、完了と！

やー、ライムは本当に良く見えている。

みんなそれぞれに色々と抱えていた。

僕はルーグさんと一緒に部屋を出て、みんながいる広間に戻る。

〝荷物持ちーズ〟がやや消沈《しょうちん》しているのは、チヤさんとライムに任せてしまうとして、はっきりと最初にやる事が示された僕としては、行動あるのみ、だ。

食事はちゃんとなくなっている。

みんな、食べてくれたみたいで何より。

「さあ！」

パンと大きく手を鳴らして、注目させる。

「遅めの朝食も終わりました！　予定と違う事も多少ありましたが、予定通りに僕らはナイトフロンタルに到着しています。やる事をやってアルグリオ様に報告するまでが仕事ですから、一緒に頑張りましょー!!」

あー、ロッツガルドの復興でもこんな感じで朝礼代わりに挨拶したっけな。

あえて明るく、軽く。

それぞれにやれる事からやって、成果をきちんと示す。人なんて単純なところがあって、みんなで頑張って前に進んでいる感覚があれば、少しは元気になれるものだ。

『はい！』

『!?』

返事はクズノハ商会の二人からだけで、他の者達は黙って僕に視線を向けるのみ。

今はこれでもいい。

「では、役割分担を。僕と澪で夕刻まで外の調査。ライムは拠点警備と防衛」

「はい！」

「うす！」

澪とライムに頷き、他の人達にも指示を出していく。

「ジョイさんは、ナイトフロンタルの情報について知っている事を記憶から掘り返してください」

「は、はい」

「チヤさんは使える魔術を駆使して、みんなの怪我や病気に備えてください」

「分かりました」

「ルーグさんと荷物持ちの皆さんは、物資の整理整頓と、この人数でどのくらい保つのかを計算してください」

「任されました」

みんな多少戸惑いながらも、しっかり返事をしてくれた。

「ありがとうございます、ルーグさん。約束は、ちゃんと守りますので」

「！」

「今はまだ外の安全は確認できていませんので、外出は厳禁。夜になったら食事がてらみんなで報告会といきましょう。では、解散！」

きっと三人とも、それぞれに話した内容をこなしてくれるだろう。

ライムに頼んでおけば、警備や守りも安心だ。

いざという時にも僕らを呼ぶくらいの余力は残す、そういう男だから。

もし誰も昼御飯を作れなかったとしても、ライムがいれば大丈夫、そういう男だから。

そして、僕と澪は深刻さをまるで感じさせず、散歩に出るような気軽な雰囲気のまま――

「じゃあ、行ってきます」

――あくまでも普通の調査に向かうだけ、といった空気で、コテージを後にした。

5

まさか、こんな流れでケリュネオンに来る事になるとは。

コテージを出た僕と澪は、まずルーグさんとの約束を果たすべく、ケリュネオンに転移した。

気候はさっきまでいたリミアとは大違い。ナイトフロンタルは沼地ながら暖かで、風雪なんて気配もなかったけど、ここでは茶色の地面なんて見えやしない。

ここが街の外だからというのもあるけど、雪国そのもの……いや、それを通り越して人が住む場所なのか疑いたくなる。

少しばかり歩いてみたが、なかなか大変だ。街まではまだ何十分か歩かなければならない。

リミアに人も待たせているし、飛ぶか。

国境警備の翼人《よくじん》とミスティオリザードの所に先に顔を出しておきたかったので、直接エヴァのいる街には転移しなかった。

それで雪なんて珍しいから、ついでにちょっと歩こうかと思ったのが間違いだった。

道の両サイドに寄せられた雪が壁の如くそびえていて、閉塞感《へいそくかん》がある。

……これ、毎日やってんだろうか。

やっているんだろうな、そうしないと道が雪で埋もれて分からなくなりそうだから。

恐るべし、北方。

でも、魔族の領内まで行くと雪原から氷原になるからなあ。あそこは風もえらい事になっている。

雪かきすれば暮らせる場所なだけマシか、ケリュネオンは。

そんな雪国と比べると、ナイトフロンタルはあの黒い霧を除けば比較的良い環境に思える。

「雪、雪、雪。ケリュネオンは凄まじいよね」

うんざり呟いた僕に、澪は嬉々《きき》とした様子で応える。

「いつでもどこでもかき氷が食べ放題。甘く煮詰めた果実の汁などをかければ、雪も立派なデザートです、若様。私は嫌いじゃありませんわ」

「流石にこの寒さでかき氷の発想が出てくるのは澪くらいだよ……」

とはいえ、多分日本人ならさっき澪が言ったような事を想像した経験がある人も少なくないと思う。

……小学生とか、かき氷大好きって人なら。

真っ白なだけの同じ風景に飽きてきた僕は、ちょっとそういう気分じゃない。何十分か見ていただけでこれなんだから、除雪作業が日課になっている人も絶対想像しないだろうね。

「普段は氷を削る手間がありますけど、これだけ降る場所なら満足いくまで食べられます」

「一度に食べすぎると頭がキーンってなるよ、澪。この分だと街までは同じ景色だろうし、飛ぶか」

「はい、若様。魔族領は氷料理がありましたが、ケリュネオンではどんな物が食べられているんでしょう。楽しみです」

「あまり期待しない方が……あ、澪が喜びそうなの、あるかも」

「本当ですか⁉」

何故か雪から食べ物の話題になっていくのは、一緒にいるのが澪だからね。

そんな話をしながら、僕は転移を使い、ケリュネオンで現在唯一の街に飛んだ。

場所は冒険者ギルドケリュネオン支部の二階。この街に来る時は大体ここに転移している。

「あ、新しい冒険者のか――」

「馬鹿！　クズノハ商会の方だ！　代表のライドウ様と護衛の澪様、ようこそいらっしゃいました」

早速、受付にいた一人が声をかけてきたが、僕らを知らないみたいで、すぐにもう一人がフォローに入った。

片方は見た事がない人だから、新しくケリュネオンに配置されたのかな。

ここに送られるって事は有能なのか訳アリなのか。

「街の様子を見に来ました。エヴァ、それからルリアはどこにいますか？」

「この時間なら……お二人とも館にいるかと。少々、想定外の降雪が続いておりまして、一層寒くなっていく現状などについて、会議の最中のはずです」

「やっぱ、この雪の量は普段より多いんだ。いつもこうじゃないなら、少し安心した」

「除雪に相当の人員と費用がかかっているみたいです。湯水のように魔術を使えば、その場しのぎの解決はできるのですが、今後同じような問題が起こるのは容易に想像できますので、根本的な解決手段を模索しているとか」

「詳しいですね」

「冒険者ギルドとしましても、冬は雪で街に閉じ込められるといったような事態は好ましくありません。良い対策には協力を惜しまぬ考えです。もちろん、上の許可も既に」

「この街――いえ、国にとって冒険者ギルドは大きな力です。今後ともよろしくお願いします」

自分の仕事に全力で打ち込んでいる彼の姿勢に感銘《かんめい》を受けて、ついつい敬語になって頭を下げる。

「こちらこそ」

逆に深々と頭を下げられた。

クズノハ商会はこの街のほとんどの物資の供給に関与しているし、それなりに丁重に扱われている。

少しずつだけど、こういう扱いをされるのにも慣れてきた。

会議中との事だったので、念話は使わずにのんびり街の様子を見ながら、行政の中枢《ちゅうすう》になっている一際《ひときわ》大きな建物を目指す。

元は砦だった場所で、今は手を入れられてケリュネオンの城代わりになっている。

「雪のせいというだけでなく、静かすぎる街ですね」

澪が街を眺めながら、つまらなそうに呟いた。

「ツィーゲやロッツガルドと比較するのは、そもそも間違いだよ、澪」

「でも活気の欠片《かけら》もありませんわ」

「まあ、ね」

相変わらず澪はストレートだ。

彼女の言う通り、雪壁の狭間《はざま》を歩いていた時ほどじゃないにせよ、街に入ってもなお圧迫感というか閉塞感がある。しんしんと降り続ける雪。真っ白に積み重なっていくそれが、街全体を無言で追い詰めている、みたいな。

環境が圧倒的に違うからなあ。

エヴァやルリアの家が領地にしていた土地は、これほど雪深くなかったそうだ。

半分僕達の都合でこの場所に街を作らせているってのもあるし、何か力になれればいいんだけど……。

「美味しいものが生まれる土壌《どじょう》そのものがありませんわね、今のこの街には。生まれたてというより、死にかけですわ」

「エヴァも、頑張ってはいるんだろうけどねえ」

僕も澪の言った後半部分には納得だ。

美味しいものが生まれる土壌っていうのは、活気の有無も大事なのかもしれない。

活気とか、静かさだとか。

直感的ながら大事なところを見抜いている感じが凄いよな、澪は。

しばらく歩くと、僕らの姿を確認した館の門番が、背筋《せすじ》を伸ばして歓迎してくれた。

「これは！　ライドウ様、澪様。ようこそおいでくださいました」

「特に連絡はしてなかったんだけど、エヴァとルリアの顔を見に来たんだ。会えそう？」

すぐには無理ならもう少し街を歩いてもいい。そんな風に軽く考えて尋ねる。

少しして、門番は僕らに道をあけた。念話で誰かと話したんだろう。

「……今は住人ではない方の意見が重要かもしれません、との事です。すぐにご案内します」

元々は冒険者で、念話が使用できる門番や衛兵なんてのは、結構な贅沢《ぜいたく》だ。

ケリュネオンの場合、まだ人員に偏りがあるから、部分的にこんな人材も存在する。

今亜空から出張でここに常駐しているのは……ハイランドオークのエマか、彼女の友人のはずだ。

……もしかしたら彼女らに見出されたヒューマンか亜人かも。

エマは亜空の雑事を取り仕切ってくれているので色々忙しそうだもんな。

中からやってきたハイランドオークに案内されて、会議室……を通り過ぎてエヴァの私室の前に。

会議中なんじゃなかったっけ？

余程上手くいってないのか。

多分、僕ならその場にいるだけで胃が痛くなる空気なんだろうな。

案内のオークがノックすると、中から声が聞こえた。

「どうぞ」

エヴァの声だ。声の様子からも、疲労が伝わってくるな。

「久しぶり、エヴァ。この寒さと雪で随分困っているとか」

彼女は年上ながら、ケリュネオンに来てからは僕に敬語を使われるのを嫌う。

慣れるまでは物凄く違和感があったけど、今はなんとか普通に喋れていると思う。

「ライドウ先生」

真正面から見たエヴァは、確かに凄くお疲れの様子。

化粧《けしょう》とか髪形とか、服装とか、本来彼女が絶対に手抜きをしない部分に少しずつ、綻《ほころ》びが生じているのが窺える。日本にいた頃の僕なら絶対に気が付かなかったな。

こっちに来てから身についた、でも役に立つかどうか分からない特技の一つだ。

ヒューマンは標準レベルで搭載している能力だけど。

「正直……人手が足りません。人と、人を動かすお金もですね。除雪に適した魔術を使える人材を育成しているのですが、流石にすぐに対応はできず。禁句ですが、冬だから……と諦めたくなる状況です」

エヴァはため息混じりで現状を語る。

「その分だと、開拓や開墾は進んでない？」

「ええ。今まで広げた畑を耕して作物を育てていますが、当初予定していた広さは確保できませんでした」

「これだけ雪が降ったら仕方ない部分もあると思うよ」

雪が降るって事は寒いって事で、つまり地面も硬く締まる。

雪下栽培とかができる一部の作物以外には厳しい環境だ。

「やりようは……あると思うんです。でも、何分、私に経験も知識もないのが問題で。貴族だった頃、北方の領地を持つ貴族の領地経営を学んでおけば、少しは違ったのでしょう。本当に、昔の私は何をしていたのか……」

それは悔やんでも仕方ないだろうに。

エヴァ、相当疲れているな。

ブツブツ言ってるのが、ちょっと怖い。

「こっちから派遣しているエマ達にしても、これだけの降雪となると経験はないはず。最初の一年なんだし、当初の計画にこだわらず、無理のないペースで進めるのが一番じゃないかな」

まだ外国と関わるまで数年の余裕はあるんだろうし、急ぐだけじゃ駄目でしょ。

ところが、エヴァは急に声を荒らげた。

「そういうわけにはいきません!!」

「っ、え？」

予想外の反応だった。

「一年一年、無駄にできる年なんてないんです！　ケリュネオンにとって、どれだけ時間が大事か、分かって……ますよね、ライドウ先生なら。すみません、怒鳴ったりして。先生にはストーブコーンとマンガールオークを持ち帰っていただいたというのに……私は……」

「い、いや。そうなると〝彼ら〟への対応はできていない感じ？」

「か……いえ。ストーブコーンは皆と相談した結果、一部を調理研究、残りは保管して来年から育てる予定です。マンガールオークは全頭柵内で飼育する準備を進めています」

こんな事態は予想外なんだし、今年は対策を練るだけでいいんじゃないかと思っていたとは、口にできない雰囲気になってしまった。

「エマさん達も凄く力になってくれています。寒さに適応する野菜もいくつか紹介してもらって、全てではないですけど、ケリュネオンの土地に合ったものは畑に植えています。成長も早いですし、冬季の貴重な野菜として重宝しています。本命はストーブコーンですが、こちらは待つしかありませんから」

……いや。

しまったな、収穫じゃなくて周囲の土壌ごと株を持ってきてもらった方が、すぐに動けたのか。

でも人手が足りないなら、特産物を重視するような余裕もない、のか？

僕は農作業そのものにはほとんど関わってない。亜空の作物は土地の栄養を多く必要とするから、考えなしに外に種が流出すると笑えない事になったりする、くらいの知識しかない。

「畑の位置さえ見失いそうな雪の量だしねえ。あ、でもストーブコーンの熱で雪が溶けるだけだと、周りの土が水でぐちゃぐちゃになるんじゃ？」

雪がなくなるわけじゃない。当然溶けた雪は水になる。

畑、使えるのか？

もれなく水田みたいになりそうなんだけど。

それか、地面に染み込んで土中で凍ってもっと状況が悪化するとか。

「水についても、一緒に植える相性の良い根菜がありますから、問題ありません。もちろん、水を外に出して川に流す水路も設けています。ただ……」

「ただ？」

「畑から少し離れると、水路そのものが凍結するんです。更に言えば、この街の周辺を流れる三本の川は——街の中に取り入れている一番重要なものを含めて——現在全て凍ってしまっていて、使いものになりません」

「……」

川が凍る？

僕には想像しにくい光景で、一瞬思考が止まった。

……いや、あー、凍るか。

そりゃ流れていても水なんだから、寒ければ凍るよな。

魔族の港も秋の終わりから春までほとんど使えない状態になるから、不凍港は喉《のど》から手が出るほど欲しかったらしいし。

海が凍るなら川だってそうなって当然だ。

「底の方は凍っていないようで、完全に利用できないわけではありません。生活用の水については雪を溶かせばなんとでもなります。余計な手間である事は否めませんが」

エヴァは額に手を当てて、小さくため息を吐いた。

なるほど、結局堂々巡りになってしまっているわけか。

人手不足と、その原因にもなっている雪と寒さ。全てが手間を増加させている。

せめて街中とか、日常でのそういう手間を減らせれば楽になりそうだよなあ。

たとえば……。

「もし、皆様に何か思いつく事があれば、参考までに、どんな事でも構いませんから聞かせてもらえれば助かります」

思いつきを口にしようと思っていたところ、エヴァが水を向けてくれた。ありがたい。

「街の雪や耕作地の雪について、人の手間を減らせれば、少しは他の仕事に手を出せるって事だよね？」

「はい」

「なら、今街と畑で使っている用水路とか上下水道の管、貯水に使う樽や壷……それに家の屋根なんかを、凍らなくて軽く熱を発するようなものに変えるっていうのはどう？」

雪の積もる場所に最初から熱を持たせておいて、雪が片っ端《かたっぱし》から溶けるようにすれば楽になる。

足元は終始水に濡れている事になるけど、除雪作業の手間と比べれば実用的じゃないかと思う。

「それはもう、一部で取り入れています。ドワーフの方からの発案で採用したのですが、絶対的に生産量が足りません。それに、既に造ってしまった家や水路については、大規模な工事が必要になるので、思うように進んでいないのです」

「あ、もうやっていたか」

「ライドウ先生が魔族の方と商談に行った際、下水用の水路は見えにくい配置にするより、いっそ地中に埋めちゃった方がいいんじゃないかと仰いましたよね？」

「確か、言ったような」

「その際、ドワーフの方が思いついたのです。一定以下の温度になると、熱を帯びて凍らない特性を持つ陶器製の管——それらは、現在屋根や工事用の資材としても応用されはじめています。ただ生産が追いついていませんから、実際に効果が見えるのは来年からになりそうです」

つまり今の事態への解決にはならない。そして来年以降を見越して着手もされていると。

安易すぎたか。

流石はエルダードワーフだ。

こっちに人はあんまり回せてないけど、彼らは少ない人数ながら最大限に頑張ってくれているんだなあ。

ふう、ローレル連邦からのドワーフ引き抜きも、真剣に考えてあげないと申し訳ないかも。

だってケリュネオンの環境自体は火山もそれなりにあって、ドワーフにとっては悪くない場所だって聞いているし……。

……？

火山？

火山と言えば、鉱石色々……だけじゃなくて……硫黄《いおう》の臭い……おお！

温泉だ！

そうだよ、ドワーフの住環境とか、鉱物資源とかじゃなくてさ。

これだ！

昔家族で行った旅先の記憶が一気に蘇《よみがえ》ってきた。

「温泉だ！」

唐突に大声を出してしまった。

しかし閃《ひらめ》いた。いや、思い出した。

「温泉？　確かローレルの地方で使われている言葉ですね。湧き出る温水、というような意味だった気が……」

エヴァは温泉を知っていたようだが、味気ない反応だ。

違う。温泉とはそんなちゃちな言葉では説明できないものなんだよ。

入って良し、ものによっては飲んで良し。

入浴好きの日本人にとってのソウルの一つ……ってのは、今はいいや。

「単なる温水と理解されるのは正直複雑な気分だけど、それの事」

「その温泉が、どうかしましたか？　まさか、ここケリュネオンでも温泉が出ると？」

「可能性は十分に。でも、思いついたのは、温泉の利用法の方で」

「ええっと……温泉はかなり暑い地域でしかこれまでに出ていないはずです。それに、ケリュネオンが健在であった頃も、温泉があるなど聞いた事もありませんでした。その利用法と急に言われましても。先生、見ての通り冬のケリュネオンはとても地面から温水が湧くような状況では……」

エヴァが困惑している。寒いって言ってんだろ、という心の声が聞こえてきそうだ。

でも、完全に否定はせずに、僕の言葉に耳を傾けてはいた。

「温泉は寒い地方でも出る。というか、暑い寒いはあんまり関係ない。僕が昔行った場所では、冬場の効果的な除雪方法の一つとして温泉が使われていた。何しろ、年中温かい水が大量に出るんだからね」

「……つまりその場所では、周りは積雪や氷があるほど寒いのに、湯気が立つような温かいお湯が年中流れていると？」

おお、物凄く疑った目をされた。

ここだとそうじゃないのか？

でも、試してみる価値は十分にある。

「そう。まあ、今大事なのは、今凍ってしまって困る場所や積雪が苦になる場所で、温水が出るようにすればいいんじゃないかと。少なくとも、人の手間はかなり減るよね？」

「確かに、実現できればそうです。冒険者ギルドも雪かきの依頼が大量にありすぎて、他の依頼を探すのが困難になっているような有様ですし」

「屋根とかは正直思いつかないけど、主要な道とか、川から引いて生活用水に使っている水路は、これで対処できるんじゃない？」

考えれば考えるほど、使えそうに思えてくる。

ありがとう、名前も忘れた温泉街。

「つまり、ライドウ先生は、この状況で今度は〝温泉を探せ〟と仰るんですか？」

正面に腰掛けるエヴァの表情があからさまに〝それなんて無茶ぶり〟って訴えてきた。

……僕ってそんな無茶苦茶言う奴だと思われてるのか。

なんだろうな、少し切ない。

温泉探すくらい僕らでやるし、そこから始めて街に引くまでを考えたら、すぐにできる案じゃない事くらい、僕でも分かる。

「いや、それは僕らで目処をつけるよ。それに、そちらにも工事は必要だろうけど、今の街の状況を見る限り無理でしょう。要は、温水があればいいんだから、当面はそれで凌《しの》げば大丈夫」

「……当面の温水はどこから？」

いよいよ僕を見るエヴァの目が怪しくなってきた。

でも、任せてほしい。一冬くらいはなんとかできる手が珍しく浮かんでいるんだ。

久しぶりに自信もある。

「それも、ばっちり考えてある。任せてもらえれば、明日か明後日には取り掛かるよ。実費で」

「クズノハ商会が動いてくださるなら、こちらの負担は減りますので、お金はなんとかしますが……いえ、分かりました。他に進めなくてはならない事もありますし、ライドウ先生の実績を信じます。先生率いるクズノハの国取り話は、ケリュネオンの酒場では定番の話題ですから」

「……実費プラスその話からクズノハ商会と僕の名前を削るのも報酬って事で」

「誇るべきですのに」

「心の準備ができてません」

放っておいたらケリュネオンの建国にいつも付きまとう話題になってしまいかねない。

ジャンヌダルクよろしく、亡国貴族姉妹エヴァとルリアが立ち上がって奇跡が起きた——ってなノリで、是非捏造《ねつぞう》しておいてください。

◇◆◇◆◇

さあ、始めよう。

雪国温泉計画……じゃなくて、ケリュネオン活性化への第一歩。

澪にはストーブコーンの株の採取をお願いしていて、今は少しだけ別行動中だ。マンガールオークについても教えたところ、案の定凄く興味を持ってくれた。

澪が食材を集めて料理をするという事で、ルリアは相当喜んだ。

今日は二人で料理談議をしながら貴重な食材の調理に挑むんだろうな。

ルーグさんに見せるストーブコーンを少々分けてもらうのは後でいい。澪が見つけてくれればそれで事足りるし、エヴァに頼むにしたって、問題が一つでも解決した状態で話した方が、気分が良いだろう。

そんなわけで、僕は今、温泉を掘りに来ている。

なんと、意外な特別ゲストまで協力してくれているから、成功は時間の問題だ。

「ふははは、実に寒い！　身が引き締まりますね、若様！」

特別ゲストその一、海王《シーロード》のセル鯨《ゲイ》さんは、吹雪《ふぶき》の中でも豪快だった。

笑い飛ばしているんだから、どこまで寒いと感じているかは謎だ。

北の海にもいた経験があるらしいし、こんな寒さどうって事ないんだろうなあ。

——と、思っていたら。

「ありえない。こんな寒いの絶対ありえない。もう動けない、感覚もない。死んぢゃう……気温に殺されるぅ」

全裸と思われるセル鯨さんとは対照的に、着膨れするほど厚着しているのに座り込んでガタガタ震えてる女の子が一人。スキュラのレヴィだ。

こっちも元々の住まいはかなり北の方らしいんだけどなあ。

「レヴィは大袈裟だよ。大体、冬でも海にいる君らからしたら、陸の寒さなんて大した事ないでしょ？」

冬の海に飛び込んだら、普通の人なら十分ともたないだろうし。

そこを生活の場にしていた彼女が陸で寒がっているのは、僕には不思議に思えた。

「お言葉ですが、若様。ここは相当に寒いです。その上風も強いですから……大体の海の種族には厳しいかと存じます」

セル鯨さんがレヴィのフォローに入った。

事実なのか、もう一度レヴィを見ると、セル鯨さんに全面的に同意を示して、何度も大きく頷いている。

あれ？

「そうなの？　海の種族だから、住んでいた所が北の方なら、寒さも平気かと思ってた。それに、そこそこ強い魔物が出るって聞いて、ついてきたがったのは、レヴィの方だったじゃないか」

エヴァと話した後に亜空に一度戻ると、偶然海王《シーロード》や他の海の種族が屋敷のある街まで来ていて、そこで温泉絡みの話になった。

その時セル鯨さんが、海底火山の噴火やら、海底でも高温の水や気体が発生して周囲の水温を上げている場所があるなんて話をしてくれて、結局彼がケリュネオンに同行する事になった。

海王《シーロード》の中には、その熱せられた水域で〝入浴〟する連中もいるんだとか。

水の中でお湯に入って入浴とか、よく分からない感覚だ。

ついでに、バトルジャンキーなスキュラのレヴィは、豪雪地帯の魔物に興味があったようで、一緒に来る事になった、んだけど……。

出発前の亜空では一番血気盛んだった彼女が、今では一番弱っていた。

理由が寒いから、というのがまたなんとも。

「無理です……。こんな場所で戦うとか、自殺です……。帰りたい、お家帰りたいです、若様ぁ」

こりゃ駄目だ。ガタガタ震えて毛布にくるまっているレヴィを亜空に戻す。

うーん、意外な弱点を見つけたな。

一方、セル鯨さんは特に帰りたいという事もないみたいだ。

むしろ平気そう。

「私とて、もう少し鍛練《たんれん》が足りなければ、ああなっておったかもしれません。北方の陸地での戦闘があれば、これは致命的。良い経験になりました」

「さて……じゃあ、行きますか」

温泉探しを再開しようと声をかける。

でもセル鯨さんは、僕を見て感心したようにうんうんと頷いていた。

「……えっと、何か？」

セル鯨さんがずっと僕を見ているので、つい聞いてしまう。

「いや、感心しておりました。流石は我らが主《あるじ》たるお方。これだけの寒さでも普通に活動しておられる」

「セル鯨さんの方こそ、レヴィとは全然違うじゃないですか」

「私などは。元々、我らは海に住まう者の中でも体温を調節する能力が高いのです。しかし若様は違う。本来水中で生活などできぬはずなのに、当たり前に水の中でも活動され、陸においては寒い場所も暑い場所も構わずに進んでいく。更に、相手が空にいれば空まで駆けていかれる。もはや敵無し、万能の地形適応です」

地形適応って言われると、なんか人型兵器扱いされている気がしてくるな……。

陸・海・空・宇、地形適応は全部Ｓに改造済みです。

――って、ロボット系シミュレーションゲームじゃないんだから。

「適応といっても、魔術を使って無理矢理ですから」

「若様なら星空の海でも自在に動けるのでしょうな。我ら海王《シーロード》には〝己の能力を極め、なお一心に心身を鍛え続ければ、その者は星海にも適応する勇者となる〟という伝承もありますが、いやはや……」

セル鯨、恐ろしい人だ。冗談で交ぜた〝宇〟に突っ込まれた気になった。

そして海王《シーロード》、まさか能力を極めると星座になるとかじゃなかろうな。

「あはは、しかし僕も意外でした。海の種族が寒さに弱いなんて」

ケリュネオンからそこそこ行った所にある山を登りながら、セル鯨さんと雑談する。

見上げるような凄い高さの山じゃないけど、火山だ。

ローレルの温泉地で見たような地下の空間やマグマ、それに水脈の配置具合も似ているから、結構期待できると思う。

「ふむ……寒さに限らず、水の中で生きる種族は基本的には温度の変化には弱いものですよ？」

「そうなんですか？」

「冬の海と言いましても、実際の水温は外よりも高い事が多いですし。逆に夏などは――人が海や川で遊ぶのでお分かりでしょうが――外よりも水の中の方が冷たい。一年を通じて、水の温度の変化は空気のそれよりも穏やかで、上下の幅も狭いのです」

「……確かに」

セル鯨さんが、例を交えて分かりやすく教えてくれた。

細かく説明するよりも、全体を理解できるように話をしてくれている気がする。

「先ほど見た凍った川もそうですが、下は水が流れておりました。あれは、空気に触れる部分の真水が凍ってしまう温度よりも冷やされたからで、底部では水のまま、魚や他の生き物が生活しておりました。当然、そこは今我らが歩いている場所よりも暖かいのです」

「いくら北の海で暮らしていても、陸の寒さに慣れているわけじゃないって事ですか。水の中の方が温度としては過ごしやすい環境だと」

「はい。川に分厚く氷が張り、山は白一色に染まり、吹雪が止む事がない。そんな場所は、水中に暮らす者らにとって、とても耐えられる環境ではありません。現に海の種族から亜空ランキングに参加している全員が、他の種族が使う熱や氷の術に苦しめられています」

ちなみに亜空ランキングというのは、亜空の猛者達《もさたち》が種族の壁を超えて強さを競《きそ》う模擬戦、みたいなものだ。

なるほど、水の中、かあ。

「勉強になります。水の中にいるから寒いのは平気くらいに軽く考えていました。あ、この下辺りかな。セル鯨さん、どうでしょう？」

会話をしながら歩いていた僕は、温泉の反応を感じて足を止めた。

「この視界で迷わずに進む事ができるのも、若様だからこそなのでしょうね。しばしお待ちください。……む、確かに微かですが、下から風呂の気配を感じます」

温泉イコール風呂と考えてくれるのが海王《シーロード》くらいだったというのは悲しいけど、少しでも存在を知っていてくれた種族がいたのは実に嬉しい。

他の海の種族は危険だからと近付かなかったみたいで、海底火山や温泉について知らない者がほとんどだった。

陸の方も似たような感じだ。

エルダードワーフですら、存在は知っていても入浴するという考えはなかったらしい。

ともかく、セル鯨さんの肯定が得られた。

あとは掘るのみ。

「じゃあ掘ってみますか……あ、お客さんだ」

「やれやれ、レヴィもあと少し我慢していれば……いえ、あの様子ではとても動けませんでしたか」

セル鯨さんが苦笑した。

そしてゆっくりと構えを取る。

身《み》の丈《たけ》を超える三叉《みつまた》の槍を前方に向けた。

近づいてきた反応は三つ。

温泉チャレンジが待っているし、僕がやってもいいな。

といっても、弓《アズサ》を持ち出すような相手でもない。

この山に棲息《せいそく》しているただの魔物みたいだから、ブリッドでいっか。

「若様。どうかお任せを」

魔術を使おうとしたら、セル鯨さんが手を出すなと言ってきた。

この人が負けるような相手じゃなさそうだから、任せても大丈夫だろう。

ブリッドを破棄すると、彼は一礼して感謝を示した。

仕方ない、僕は穴掘りの準備でもするか。エルダードワーフの道具を取り出すだけなんだけどさ。

「擬態《ぎたい》なら、もっと分からんようにやれい！」

直後、セル鯨さんが突き出した槍――じゃなくて、頭部が、雪に紛れた白い獣を木っ端微塵《こっぱみじん》にした。

擬態というか、体を雪に溶け込ませていたような気がするけど……まあこの人の前じゃあ小さい事か。

周囲に青い血液と肉片が飛び散る。

ず、頭突きの威力がエグい。

原形留めていないぞ、あの魔物。

続いて、セル鯨さんは右に槍を突いた。

視界が悪いなんて言いながら、しっかり相手の位置は把握しているじゃないか。

セル鯨さんの槍に吸い込まれるように、空から急降下してきた鳥っぽい魔物が貫かれた。

頭から胴体まで串刺しにされた結構な大きさの鳥は内側から破裂、こちらも原形も留めてないな。

実にシンプル、そして強い。

ん、一匹彼を無視して僕に突っ込んでくる奴がいる。

速いな。

この動き、蛇か？

「小賢《こざか》しいわっ!!」

しかし蛇の動きが止まった。

ああ、尻尾に近い場所を槍で貫かれている。

そして、ずしーんと地響きのような音が聞こえた気がして……。

蛇の傍《かたわ》らには鯨《くじら》。

「せいっ!!」

セル鯨さんの拳が、のたうつ蛇の頭部を粉砕した。

セル鯨さん、槍を置いてきても問題なかったんじゃないかな。

「お見事」

「いえ。やはり陸、それも寒冷地となると動きも勘も鈍ります。一層の鍛練に励みます」

鈍ってあれか。

完封だったのに。

この辺りの魔物はそれなりに強いらしいんだけど、海王《シーロード》の敵じゃなかったみたいだ。

「そ、そう。なら、掘るから周りの警戒をお願いしま……おおっ⁉」

僕が手にした槍――螺旋槍《らせんそう》が、突然回りはじめた。

まあ、言ってみれば刃の部分がドリルな槍だ。

貰った注意書きに従って、それをきちんと真下に向け押さえつけて固定、柄に魔力を流し込んだ途端、いきなり回り出した！

いや、回るのは分かる。形状から予測していた。

でも、それはドリル部分だけだと思っていた！

柄の方までまとめて、しかも勢いよく回転したために、槍は僕ごと回るわけでっ！

「若様っ⁉」

「だい、じょうぶっ……たぶん！」

手を放せばいいと、頭では分かる。

けど遠心力で外に引っ張られる感覚、それに振り回されている事への多少の焦りから、何故か僕は反射的に柄をより強く握《にぎ》っていた。

咄嗟の反応って、理由が説明できない。

それにドリルだけ分離して回ってくれない以上、力任せに回転を止めると、槍自体が壊れるんじゃないかとも、一瞬だけ思った。

これ、明らかに持って使う仕様じゃないな⁉

もっと真面目《まじめ》に、詳しく！　使い方を聞いておくべきだった！

「う、っわ！」

大地に食い込んだドリルは、盛大に土を撒き散らしながら、速度を増して地中に突き進んでいく。

セル鯨さんの声は既に遠くて、ほとんど聞こえない。

底から噴き上がってくる石やら土やらを、絶大な防御力を誇る『魔力体』で防ぎながら、僕も槍の回転になされるがまま地中に突貫。

目が回っている以外は特に問題はないものの、流石にずっと地中を進むわけにはいかない。

僕は意を決して、柄から手を放した。

しばらく回転を続けていた槍も、僕が平衡感覚を取り戻す頃には動きを止め、突き刺さった状態で落ち着いた。

凄いアトラクションだった。

とりあえず上を見る。

「大分掘ったな……これだけ掘って温泉が出ないとなると、ここは失敗か？」

予定していた深さを大分オーバーしていた。事前に界で確認した時には、この深さよりも手前で温泉の中に突っ込むはずだったんだけど……。

「もしかして、ずれたか？　ありえるな、途中はわけが分からなかったし、どこかで斜めに力を入れちゃったって事も……」

なんとなくじっとり蒸し暑い空気の中、色々想像する。

「とりあえず、出るか。足場さえ作れば跳んでいけるだろ……って、蒸し暑い空気？　じっとり？」

……あ。

上を見上げた僕は、唐突に理解した。

一応、ここは〝当たり〟で、でも僕のいる場所は結構まずいって。

それを教えるかのように、僕が見上げた先の土壁の左側が、不自然に盛り上がった。

直後に崩壊。

大量の水――いや、熱湯が頭上から降ってくる。

「あぶなー。結構温度高いっぽいな。源泉そのまま入るのはきつそうだ……ほんと、魔力体があって良かったー」

満ちていく煮えたぎった感じの熱湯。

その中で、湯が上に押し上げられるに任せていた僕も同時に浮いていく。

生身で浴びていたら大火傷《おおやけど》――っていうか、命にかかわる事故だった。そのピンチを回避させてくれた自分の能力に感謝しながら、とりあえず第一段階が順調に成功した事に安堵《あんど》した。

一足先に穴から熱湯が噴き上がり、僕も少し遅れて飛び出して、無事着地。

「お帰りなさいませ、若様。……まさか、一発で掘り当ててしまわれるとは、恐れ入りました。本当に、このような場所でも風呂は湧くんですな」

「風呂じゃなくて、温泉ね。思ったよりも湯の量が多い場所だったみたいだ。道を作るのは大変かも」

「急ぎでなければ、湯はしばらくあそこに溜め、流れる分については放置で良いでしょう。街からは遠く、この付近の川に合流する方向ではありませんから」

「そっか。溜める場所作っておいてくれたんですね。ありがとうございます」

見れば、下の方に茶色のすり鉢状《ばちじょう》の場所が見える。

早くも熱湯はそこに流れ込みはじめていた。

「若様が潜られたので、一応の備えを、と思いまして。幸い、柔らかい岩場でしたので、数発突いただけで済みました」

拳か、それとも頭突きなのか。

槍じゃなさそうな口ぶりだけど、確認するのがなんとなく怖い。

やっぱセル鯨さんは槍なんて、以下略。

距離はあるけど、なんとか温泉はゲットした。工事は後々進めるとして、将来的にはこれをケリュネオン温泉一号にできるだろう。

ただこの辺りの環境と街までの距離を考えると、温水のままってのは無理があるかも。最悪凍らない状態で到達してくれれば御の字か？

うーん、浅はかだったかなあ。となれば、街の方は……。

依然《いぜん》として続く吹雪の中、街に転移する霧を呼びながら、僕は街の雪を溶かす温水のあてについて考えていた。

6

——ケリュネオン郊外。

一見何もない雪原を前に、僕とセル鯨さん、エルダードワーフ数名、それにエヴァがいた。

ルリアは体調を崩してダウンしたらしく不在。なんというか、最近間が悪くて彼女とはあんまり会えてない。

澪や識《しき》といった僕の従者達の口からは結構話題に出るんだけどね。

今回は別にあの子に無理して来てもらう用件ではないから、エヴァに薬を渡しておくだけにした。

一瞬、何か澪が無茶な扱いをしたんじゃないかと疑ったけど、関係なかったようだ。

「あの、今なんて？」

エヴァが目を瞬《しばた》かせながら僕に聞いた。

「だから温泉は目処がついたよ、って言った。すぐに工事はできないけど、とりあえず掘り当てたから、山で熱湯が噴き上がっている」

「あの吹雪が全く止まない山に登って、穴を掘ったんですか？」

「そう。まだ誰も住んでないし、街からも遠いから、そこなら好きにやっていいって言ったのはエヴァでしょ」

「そうですけど、魔物の討伐も全く手付かずの場所で、穴掘りを半日弱で済ませるのは流石に……」

まだ信じられない様子のエヴァに、セル鯨さんが。

「魔物も馬鹿ではないよ、エヴァ殿。ほとんどの輩はこちらとの力量の差を理解して尻尾を丸めているだけだ。数匹、飢えていたのか馬鹿なのか、襲い掛かってきたのもいたが、それも問題はなかった」

既にエヴァにはセル鯨さんを紹介済みだ。

鯨人間とも言うべき風貌《ふうぼう》のセル鯨さんを見て驚くかと思いきや、エヴァは〝クズノハ商会の従業員なら、何が来てももう大丈夫ですから〟と、遠い目をして受け止めてくれた。

やっぱ、鯨はもっと大きいのを想像するよね。

分かる。

「それは、セルゲイさんが撃退したんですか?」

「私などでも十分に対処できた」

セル鯨さんは頷いて肯定した。

傍にいるエルドワ達が、セル鯨さんを見て感心の言葉を漏らす。

「大したもんじゃ。あの吹雪の中じゃと視界が悪い分、魔物が有利じゃからの。中でも、吹雪に同化して物理攻撃を無効化してくる雪獅子、真っ白な空から正確に急襲してくるアイシクルフラム等は厄介じゃ。それに、音もなく高速で雪の中を泳ぐサイクロプスサーペント辺りは、ここらではあの山にしか棲息しとらん強敵。それらには遭遇せずに済んだようじゃが、あそこは他にも難敵揃いの困った火山、いや、大したもんじゃ」

「初見であれらに遭《あ》えば、どうしても後手に回るからのう。しっかしお前さん、若様の傍におるだけあるぞい」

ドワーフに褒められたセル鯨さんは、恐縮した様子で一礼する。

「恐れ入ります。皆様のお仲間から頂いたこの槍のおかげでしょう。そのような強敵に遭わなかったのも幸運でした」

……ドワーフ達の話を聞く限り、まさにその三匹に遭遇したんだと思う。

多分、それらの魔物は、敵なしの自分の縄張《なわば》りに入ってきた僕らを、山の王者の感覚で襲ってきたんじゃないかな。

なんとなく、僕が界で把握した姿形もそんな感じだったしさ。

今聞いて思い出したけど、セル鯨さんが最初に木っ端微塵にしたのは、魔族領で襲い掛かってきたライオンと同じやつだったのか。

体が雪で出来ているみたいで武器の攻撃を無効化してきたり、崩れてもすぐ元に戻って攻撃してきたりしたから、さっきドワーフが口にした特徴に当てはまる。

でも、そんなライオンも、セル鯨さんの前では問答無用で即死か。

あの山の御三家（多分）に合掌《がっしょう》。

ドワーフとセル鯨さんが武器やら戦いやらの話題に移って盛り上がりはじめる横で、僕はエヴァに話を続ける。

「――というわけで、なんとか冬の間には街まで温泉を引けるようにしてみるよ。で、当面は……」

「はい」

「ここが凍って使えない状態の貯水池だよね？」

僕が目の前の雪原を示すと、エヴァは頷いて答える。

貯水池とは言うが、雪で埋まっていて、パッと見どこからどこまでが池だか分からない。

「街から少し離れているため、手入れが滞《とどこお》っている状況です。事実上使用不可ですね」

「ならちょうどいい。とりあえず、溶かすよ」

断りを入れた僕は、火の玉を何発か作って放り込んだ。

当然、雪と氷が溶けて雪原が池に戻っていく。

ふうん、このくらいの大きさか。

実験に使うのにちょうどいいな。

その光景を見て、ドワーフの一人がしみじみと呟く。

「毎日若様が来てくれれば、雪問題も解決なんじゃがなあ。日に五回か六回、街と周辺の雪を溶かしてくれるだけでばっちり……」

流石にそれはきつい。

毎回三十分はかかりそうじゃないか。

「ライドウ先生でなければ、この数秒の作業のために術師や冒険者を何名も、半日がかりで拘束する必要がありますから……ふぅ」

エヴァが吐いた最後のため息が、重く切ない。

ではやってみよう、第二弾。

温泉掘りも上手くいったから、こっちも上手くいってくださいなっと。

ポケットから真紅の指輪を一つ取り出す。

エルダードワーフが管理している廃棄品のドラウプニルだ。

これは僕の余剰魔力を吸収する機能がある指輪で、最初は白だが、満タンに近づくにつれて赤く濃くなる。

最近は一日と経たずに真っ赤になってしまい、〝使用済み〟がかなり溜まってきている。使い捨てのマスクみたいな感覚だ。

エマが処分について何か凄い事を考えてくれているとの事だけど、今回の件が僕の思い通りにいけば、これもその処分先として有力だ。

「それは、ドラウプニル」

指輪を見たドワーフが、眉をひそめて驚いている。

白ならともかく、赤の指輪はそうそう持ち歩かないもんな。

エヴァは感情の窺い知れない薄目で状況を見守っていて、セル鯨さんは僕が何をするのか興味深そうにしていた。

手にしたドラウプニルを少し宙に浮かせて、更に僕の魔力を加える。内部に蓄《たくわ》えた魔力に方向性を持たせ、指輪自体が簡易的な魔術を常に発動し続ける状態を作り出していく。

やがて、指輪の外見が溶鉱炉の鉄みたいな鮮やかな明るい色を帯びてきた。

うんうん。これで長期的に高熱を発する装置として使えるはずだ。冬の間この寒冷地で池を熱し続けるにはこのくらいの熱量がいるだろう。

「じゃあ、一応防御の準備だけしておいて。大丈夫だとは思うけどね。エヴァは僕が、ドワーフはセル鯨さんにお願いします」

「……分かりました」

何故か神妙な顔をしたセル鯨さんがドワーフを下がらせ、自分が前に立つ形で陣形を作る。

エヴァは僕が魔力体の腕で囲う感じでガード。

では……。

「じゃ、いっきまーす」

「っ⁉」

セル鯨さんの緊張が一気に高まった。

なんで？

不思議に思いながら、マグマ色の指輪を水面に向けて放った。

⁉

手元を離れた指輪が、何故か出力を大きく増して……一気に光り出した⁉

その指輪が水面に触れた瞬間。

物凄い音がした。

何が起こったのかさっぱりだけど、とにかくとんでもない音と衝撃だった。

湯気か、舞い上がった雪か何かで、視界も一気に白一色に染まって、何がなんだかわけが分からない。

おかしい。

水が熱湯になって沸騰《ふっとう》する程度の現象は予測していた。もしかしたらいくらか飛び散るだろうな、とも考えていた。

でも、想像とは明らかに違う結果になっている。

「一体、何が……」

少しして、周りに静寂《せいじゃく》が戻った。

エヴァやドソーフ、それにセル鯨さんも無事なのが把握できたところで、僕はゆっくりと池を見る。

周囲はさっきの熱風ですっかり雪が溶けて、茶色の地面が露出していた。

貯水池の方はかなり強引に外周を削られたらしく、サイズが大きくなっていて、中の水はすっかりなくなっていた。そして、底の地面が真っ赤に染まっている。

溶岩っぽい感じだ。

おお？

指輪の奴め、強化しすぎたか？

と、冗談は置いといて。

冬仕様にしてもやりすぎたって事か？

爆発の理由は分からないけど、それで水が全部消し飛んで、指輪は底に落ちた。不思議な事に爆発で吹っ飛んだりはしなかったようだ。

で、指輪は自らが発した熱で地面を溶かしているってところだろうか。

溶岩の表面で指輪が漂っているのが分かるけど……手元を離れた後の急激な状態の変化といい、何か不安定だ。

「……」

一番戦闘能力が低いエヴァの様子が気になって、改めて見る。

流石に国のまとめ役だけあって、気丈に振る舞っている。口は真一文字にきつく結んでいたものの、驚きを表情に出してない。

「爆発、するような実験じゃなかったんだけど……はは」

「……」

なんとかこの場の微妙な空気を流そうと笑ってみたものの、反応なし。

やばい、怒らせたかな。

「それにしても、なんだったんだ、あれ」

「……水面にあれだけ高熱を発する物体を放った結果としてでしたら、至って普通の現象です、若様」

誰にでもなく問いかけた僕の言葉に、セル鯨さんが少々引きつった顔で答えてくれた。

……ああなるって予測できたから緊張していたのか。

またしても異世界の常識にやられたか。

発熱する野菜といい、非常識な。

「そ、そうなんだ。予想できていたんだ」

「途中まではそれなりに制御されていましたので、大丈夫かと思っていましたが……心の備えをしておいてようございました」

手元にあった時点までは上手くいく可能性もあったたって事だろうか。

僕としては、あの指輪の魔力が切れるまで適度に発熱を持続させて、この池に流れ込む水をお湯に変えるつもりだった。

で、既設の水路で凍結するようなら、その部分から街に伸びる分だけに手を加えれば、この冬の間くらいは温水を利用できるかと考えていたんだけど……見事に大失敗した。

むしろ貯水池を一個潰すという大損害を出してしまった。

温泉事業と並行して、こっちも冬の間に直そう……。

「エヴァ、ごめん。見ての通り失敗だ。なんとか直しておくし、僕の方でも色々寒さと雪の対策は聞いてみるから……」

「……」

「……エヴァ？」

様子がおかしい。

というか、さっきから視線が動いてないような。

「失礼」

ドワーフがエヴァに近付いていって、持っていた槌《つち》の先端で無遠慮に顔をつつく。

身長が足りないからといって、女の人にこれは酷い。

エヴァも怒るだろうに。

しかし彼女は、怒るどころかなんの反応も示さなかった。

あれ？

「気絶しておりますな。儂らもたまげたほどの爆発では、無理もありませんがの」

なんとかしよう、ケリュネオン。

連れ出しておいて爆発で気絶させた挙句《あげく》に事態を悪化させるなんて、申し訳なさすぎる。

どうにかここの利用法も考えて挽回《ばんかい》しないと。

立ち尽くしまっすぐ前を見据えて気絶しているエヴァを見て、僕は真面目にそう思った。

◇◆◇◆◇

澪からの報告で、ストーブコーンとマンガールオークについてはどちらも森で手に入れられたから、エヴァに頼んでケリュネオンの貯蔵分を出してもらわなくても大丈夫だそうだ。それを聞き、僕は一安心した。

これでルーグさんの協力も得られるはず。

ようやく色々と目処がつきだしたので、一旦ギルドに戻ると、そこには巴がいた。

「おお、若！　上位竜リュカの書庫の記憶、ありがたく読ませていただきました。後ほどご報告を……と、そのような事はどうでもよいのです」

「えー」

どうでもいいのか。

かなり嬉しそうに識と二人して閲覧《えつらん》していたくせに……。

本題はろくでもないに一票。

「セル鯨の奴めから聞きましたぞ！　若がケリュネオンの雪山で温泉を掘り当てたと！」

「お、おう。掘ったよ。冬対策にも使えるし、名物にもできると思って。……ちょっとだけ壁にぶち当たってるけど」

いや、情報早すぎるだろう？

別に口止めする内容は一切なかったよ。

でもセル鯨さん、これじゃあ井戸端《いどばた》の奥様レベルじゃございません？

「温泉、湯治、草津に箱根に熱海！　温泉！」

「最初《ふりだし》に戻ってるぞ、巴」

「ゆっくり、浸かりたいものですな」

巴は急に静かなトーンになった。

しかし、全身からは高まり続ける〝何か〟を発したままだ。

「気持ちは分かる。でも、そのまま入れる温泉なのかどうか成分を確認して、工事の手を入れてからな。まあ、春にはなんとかなるんじゃないかな。源泉そのままだと温度が高いから、薄める必要もあるし……そうなると、下の川まで湯を引くのが結果的に楽かもしれない。なんにせよ、今すぐは無理だね」

確実に、今日明日の話ではない。

「真水なら、熱くてもせいぜい沸騰まではないですか。どうとでもなりましょう」

「ならんよ。それに、そんな温泉を急ぎで作っても、使えるのお前らだけになるじゃないか」

魔力体で体を保護して温泉入っても、僕としてはなんの意味もないし。

「うー。駄目ですかな」

「待て、だよ。そんなに欲しかったら、亜空で火山でも探せばいいじゃないか。そうすれば手を入れるのも人手を集めるのも簡単だし」

「……火山なら既に探してみたのですが。どうも、良いのがないのです、若。条件に合いそうな場所で穴を掘っても、せいぜい鉱石やら宝石が出る程度で」

もう探していたとは、流石巴だな。

温泉の存在を既に掴んでいたのもそうだけど、行動に移していたのがまた凄い。

でも、そんなに難しいのか？

僕は一発だったのに。

もしかしたら亜空には温泉が出ないのかな。

一応、周囲にも聞いてみようか。

セル鯨さん達海王《シーロード》は実物の温泉を知っているわけで、海底ならそれっぽいものもあるかもしれない。

見つかりさえすれば、周囲から海水を取り除いて、海底に温泉っぽいものを造るって手もある。

……巴が認めてくれるかどうかが若干の問題だけど。

熊とか狼とか、亜空の動物達に聞いてみるのもありか。もしかしたら、既に湧いている場所を知っている可能性も捨てきれないよな。

鹿とか猿が入る温泉なんてのも、日本にはあったんだから。

「巴……ここに飛んでくるくらい温泉に入りたかったのか」

「是非！　そして燗をつけた酒を持ち込んで、雪見酒をするのです！　そんな初温泉は儂にとって至福！　ケリュネオンなら今は一面雪、しかも既に温泉が出ておるとあっては、もう、儂は……！」

何かの禁断症状に苦しんでいるかの如く悶《もだ》える巴。

ここのところシリアスな雰囲気で物憂《ものう》げな様子だったんだけど……巴は巴か。

最近は『必殺鍼灸医《ひっさつしんきゅうい》』の坊さんがお気に入りみたいだから、余計に温泉に惹かれているかもしれないな。あの度々出てくる湯治話を読んでいた時は僕だって……。ああ、巴のこんな姿を見ていたら、僕も入りたくなってきた。

温泉活用は後回しにして、とりあえず先に成分を調べて入浴できそうだったら、岩風呂作っちゃうか。

「なら、巴。まず成分調べて、いけそうかどうかを確かめてよ。大丈夫そうなら、亜空から動ける人集めて先に岩風呂作ってもいいよ。ただし！　参加した人は漏れなく、ケリュネオンの温泉絡みの土木作業にも参加してもらうからね。あと、無理強いはしない事。僕と澪はまだ少しリミアでやり残しがあるから、すぐには手を出せない」

「!! 無論です！　こちらも少々行き詰まりを感じておりましたので、願ってもない！」

「……さっき言ってた、報告関連？」

「はい。識とも話しましたが、これ以上は若の許可とご協力が必要という事になりましてな。では、待っておれよ、温泉！」

巴は颯爽《さっそう》と駆け出していった。

騒々《そうぞう》しいけど、あの目をしている時の彼女は頼もしいから、助かりもする。

ただ、その報告とやらは後回しにするくらい面倒事の類なんだな……。

「おお、若」

――と、思っていたら巴が扉からひょっこりと顔を出した。

「何？」

「若から許可を頂いたという事は、これは若からのご命令――いえ、お願い事になるわけですかな？」

「……まあ、無理をさせる気はないから、お願いだね」

「久々ですな、若のお願い事は。目標、二日じゃー！」

今度こそ、巴は突っ走っていった。

目標二日って、もしかして温泉作り？

違うよな。まず調査が必要だって話したばっかりだし。

あの山は吹雪《ふぶ》いてて視界も悪いから作業も大変だ。

大体、亜空だって皆が皆暇なわけじゃない。僕の家がある最初の街もまだ一部で建築は続いているし、海沿いの街は今、整地の真っ最中だ。

二日で取り掛かるって事だろうな、きっと。

——などと考えていると、慌ただしい足音が聞こえてきた。

「若様！　お聞きしましたよ!!」

何この聞き覚えある感じ。

多少の声と言葉の違いはあるけど、まるでさっきの焼き直しみたいな。

「エマ？」

これまた珍しい。

彼女は僕と会う時でも大体約束してからの事が多い。

僕からは見かけたついでに話しかける感じなんだけど、彼女の方はきっちりアポを取ってから来る。

こんな風に突然飛び込んでくるのは非常に珍しい。

しかもドワーフの職人まで連れて。

……今度こそ事件か？

「エマ。どうしたの？」

「セル鯨さんから聞きました！」

……エマまで温泉？

大人気だな、温泉。

亜空でも、どっかからは出るだろうし、ちょっと真剣に探してみるか？

そしてセル鯨さん、貴方の拡散スキル、ＳＮＳ級ですか？

「温泉の事？　それなら巴に許可出したから、そっちで進めて――」

「ドラウプニルを使われたそうですね!?」

「え、ドラ？」

ウプニル？

違った、温泉じゃなかった。

「ケリュネオンで貯水池に投げ込んだと聞きました」

真剣な顔のエマ。

違う話題みたいだ。

「あー、そっちね。確かに投げたね。見事に大爆発の大失敗、やらかしちゃったよ」

「あの指輪を池の水を加熱するのに使おうとしたとか」

「うん。冬の間自動的に熱湯を作るのに使えると思ってやってみたんだけどねえ」

まさかああなるとは。

水はなくなるわ、池は破損するわ、爆発の余波なのか熱い空気の塊みたいなのがぶつかってくるわ。

おかげで周囲の雪が溶けて、地面はぐちゃぐちゃ。

あれが凍るとまた面倒だよ……。つくづく悪い事をした。

「以前ご報告しましたが、私と数名が中心になり、廃棄予定のドラウプニルに蓄積された若様の魔力を何かに活用できないかと模索しています。扱いが難しい指輪をただ廃棄するだけでは負担になるばかりか危険もありますから」

そうそう。思い出した。

エマはドラウプニルの廃棄以外の活用方法を探してくれていた。

処理の手順を間違えれば危険な状態になる事もあるから、ドラウプニルの処理は難しい。

彼女の考えとしては、街の明かりや工房の動力、各種結界の維持に使えるようにするのが目標だったはずだ。

「使う前に確認するべきだったよ。一応、一個テストしてみて暴走する事もなく上手くいったから、調子に乗っちゃった。手元でやるだけじゃなくて、水の中に入れるところまで確かめるんだったな」

「若様の事ですからお怪我などはなさっていないと思いますが、私も少し慌てました。ドラウプニルは非常に扱いの難しい困った指輪です。お気をつけくださいませ」

「やっぱ、扱い方特殊なんだ。確かに、妙に不安定だった」

「力に属性や方向性を与えるところまでは上手くいくのです。問題は一定以上に力を高めた場合と、加工した者の手元を離れた時でして」

「一気に暴走するわけだね……」

まったく、とんでもない指輪だ、我ながら。

「力が扱いやすい程度の領域で手元にあるうちは各種加工も非常に容易なのですが、一度危険領域に達すると、それまでに与えた属性や仕様を維持したまま出力が一気に跳ね上がります。そのまま乱高下を繰り返した後、結局は限界点を突破して爆発する、という有様です……」

な、なんてピーキーな。

なるほどねえ。

自動発熱装置にした時も、手元を離れて不安定になってからは一気に力が増してあの様《ざま》だ。

手元を離れると暴れるとか、駄々っ子《だだっこ》か。

ん？

んん？

何か引っかかるぞ。

「待って。エマ、ちょっと待ってくれ。僕の時は、指輪自体は爆発してないぞ？」

そうだ。今もあの池はちょっとしたマグマ池になったままだ。

「それです！　それで私はここに飛んで参ったのです！」

ああ、エマの珍しい行動の理由はこれか。

僕がやったのは、駄目なりに一応イレギュラーな結果だったんだ。

「その時の様子をどうか詳しく！」

「儂も同席してよろしいですかな、若様」

前のめりに催促《さいそく》するエマの後ろから、老齢のドワーフが顔を出した。

「長老さんもですか？」

「若様の指輪は今のところ、エマ殿と協力してようやく一つ使い道ができた段階。しかし若様の先ほどの体験談を詳しくお聞きすれば、飛躍的《ひやくてき》に活用先が広がるかもしれぬ——とまあ、年寄り職人の勘にすぎませんがな」

「……ちなみに、その使い道とは？」

「お見せするのが一番でしょうな。おい」

エマに便乗して話に加わった長老が、奥の方から誰かを呼んだ。

長老の声はさほど大きくないのに、すぐ威勢《いせい》の良い返事が聞こえてきて、一人のドワーフが姿を現した。

彼は僕とエマに気付くと深々と頭を下げる。

「アレを持ってきてくれ」

「分かりました！」

奥に引っ込んだドワーフが、長い包みを持って再び僕らの所に戻ってきた。

「お見せしろ」

「はい！」

布の包みが取り去られると、そこから出てきたのは槍——といっても、螺旋槍じゃない。

不思議な槍だ。

穂先《ほさき》の部分は馬上で使うランスみたいに円錐形《えんすいけい》でごっつい。

なのに柄も長い。

円錐の手元側はお椀形《わんがた》で、その部分に守られるように水晶みたいな球体がついていて、そこから柄が伸びている。

穂先の刃が細くてまっすぐなら、投擲槍《ジャベリン》っぽくもあるんだけど……なんだこれ。

「爆槍《ばくそう》と名付けました。翼人の方々にお配りする予定です」

「爆槍……」

「透明な球状部分が見えると思いますが」

長老が水晶っぽいパーツを指差す。

「ええ」

「そこに廃棄予定のドラウプニルをセットします」

「なるほど」

「で、後は投擲《とうてき》するだけですな。ランス部分が一定以上の衝撃を感知すると、指輪が発動して爆発を起こす、というものです」

それで爆槍ね。

なるほど。兵器利用なら爆発どんとこいだ。一番簡単に思いつきそうな方向性でもある。

手元で爆発されたら大惨事《だいさんじ》だから実用レベルにするのはかなり難しかったと思うけど。

「ブリッドの威力を高めるのに指輪を使ったという若様の言葉から着想を得て、真っ先に対応する武装の製作をドワーフの皆様に依頼しましたものです」

エマが補足説明してくれる。

ブリッドに混ぜて破壊力アップは確かにやった。

手に持って使う武器が爆発するのは困るけど、投げて使うなら不安定な指輪の利用法としては分かりやすいな。

「戦闘がなければ使えませんが、戦場では一撃につき一つ指輪を廃棄できます」

元々破棄したかったから、捨てる感覚で使えるのもいい。

なかなか理《り》に適《かな》っている。

エマもそう言うって事は、本来彼女が考えていた方法とは違っていても、採用する価値を認めたんだろうな。

「ですが」

エマは続ける。

「若様が池に投げたドラウプニルは溶岩の中を漂って安定している様子。実物は是非これから見に行くとして、その時の状況や、若様がした事から、指輪の暴走を抑える手段が見出せるとすれば……」

エマの言葉を長老が継ぐ。

「本来想定していた生活面での活用が可能になります。そうなれば、ドラウプニルは厄介な廃棄品から素晴らしい資源に一変します。夢のような話ですな」

そして、それに対応した道具作りが捗ると。

僕自身が指輪を次々に生産している元凶なわけで、随分ありがたい話だ。

協力しない手はない。

「役に立てばいいけど……」

そう言って、僕は大失敗の体験談を事細かに二人に話した。

◇◆◇◆◇

「たとえば、高温に熱した油に水をぶちまけると、どうなるでしょうか？」

出し抜けに、識が何やらたとえ話を始めた。

「……滅茶苦茶《めちゃくちゃ》危ないよ。やった人は多分大火傷、下手すれば火事になる。何がたとえば、なのさ、識」

「では、それはどうしてでしょうか」

「水と油は仲が悪いんだよ。そんな事したら、熱い油が飛び散って大惨事になるかもしれない。だから揚げ物をやる時は水が入らないように気をつけないといけないんだ。少量でもはねて危ない」

「それが……この教本で言うところの、なんという現象かはお分かりでしょうか？」

「物理……それから化学の教科書？　識、出すなら料理法の本にしないと」

まったく……識の奴、いきなり小難しい本を何冊も出して、なんのつもりなのか。

熱い油に水を注ぐとどうなるかなんて、一般常識。揚げ物のやり方とかの本を見れば書いてあるのに。

今、僕達がいるのはケリュネオン、郊外。

元貯水池だった場所に、僕と識、エマとエルドワの長老、それに元気になったルリアも来ていた。

識はナイトフロンタル産の黒い霧の分析結果を直接僕に報告しに来てくれて、その流れで同行している。……本心としては、識も今亜空勢で話題のドラウプニル珍現象を直《じか》に見たかったんじゃないかな、とも思う。

相変わらず、ドラウプニルはマグマの中でゆらゆら動いて輝きを放っている。

特に暴走する気配はない。

手元を離れた時は暴れたくせに、一体どうなっているのか、さっぱり分からない。

エマや長老、それに識が何かを掴んでくれるとありがたいね。

識は変な話を僕に振ってきて、少し脱線しているけど。

池の中を眺めているエマ達三人から離れた僕と識は、木で作られた簡易ベンチに腰掛けていた。

というか、本当は半日くらいでナイトフロンタルに戻るはずだったというのに。

ライムには連絡をしてあるし、今のところ不安は抑えられていると報告も受けている。

でもなあ、リミア人のメンタル、本当に繊細《せんさい》だからな……。

二泊しちゃうとまずい気がする。

なんらかの形で、今日中に一度戻っておこう。

探索の成果として持ち帰るのは、あの黒い霧の調査結果でいいか。

あれは思っていたよりも良くないものだった。

前に、荒野からローレルに流れて被害を出したガス状生物に似たモノ。極小の魔法生物の集合体で、生物の中に入り込んで精神を乱し、少しずつ体も破壊する。

何より嫌な点は、これが魔術で作られたモノだという点。ナイトフロンタルにこれを大量にばら撒いた存在がいるって事だ。

十中八九、あの顔の演出をした奴だろうけど。

「若様、色々と異なる点も多いですが、セル鯨が言っていた爆発は恐らく若様の世界でも起こります」

「……え？」

リミアの事を考えていると、識の呼びかけで現実に呼び戻された。

……ふぅ、また色々抱え込んでしまっている。

ナイトフロンタルの方も、展開次第ではホープレイズ家や先輩達との関係を良くするのに繋がるだろうから、頑張ろう。

「水蒸気爆発、という現象に近いかと。ご存知では？」

水蒸気爆発。

聞いた覚えがある言葉だ。

ただ、小説とか漫画の話で、だと思う。

授業でそんなの習ったかな？

粉塵爆発《ふんじんばくはつ》って言葉は覚えているんだけど……。

炭鉱のカナリアの話も、その時に先生が披露《ひろう》した豆知識で知った。

昔の鉱山では比較的この爆発事故が起こっていて、鉱山夫の死因として有名だという。

水蒸気爆発ねえ。

もしかして……。

「あー、ひょっとして、さっきの油に水を入れた時の事をそう言うの？」

「はい。現象としては相当するのではと思います。水が高温の物質に触れて急激に気化するのが、水蒸気爆発の基本的な説明ですので」

「……」

急激に気化……？

ああ、一気に蒸発するって事か。

確かにドラウプニルは、僕が想定していたよりもずっと高い温度になった状態で、貯水池に落ちた。

——で、あの爆発が起きた。

結果として水はなくなって、底がドロドロの溶岩っぽくなっている。

あの短時間で池の水が全部蒸発したのは間違いないと思う。

視界を奪ったのはその時の蒸気か。

……まさか識が物理を勉強していたとは思わなかった。しかも僕が授業を受ける立場になるなんて。

計算とかは結構好きだけど、科目として物理や化学は苦手な方に入る。

とはいえ、ちょっと情けない。

「指輪一つが高熱源体になったとしても、これだけの規模の爆発を起こすかどうかまでは分かりません。爆発のエネルギー計算式は出ておりませんでしたから。第一、本来なら指輪も衝撃で巻き上げられて、どこかに飛んでいってしまっているはずなのに、ドラウプニルは今も池の底にあります。あくまで物理現象としては水蒸気爆発というのが近いというだけですが、セル鯨が当然だと言ったのも、この現象を指しての事かと」

確かに。

指輪が水面に触れて水が気化して爆発が起きたなら、指輪もその衝撃でどこかに飛んでいってしまっていると考えるべきだよ。

そう重いものでもないんだし。

あれは科学でも説明できる現象だったけど、ところどころファンタジーな要素が絡む爆発だったのは間違いない。

予想外ではあった。うん。

……それにしても、セル鯨恐るべし。

多分ヒューマンのほとんどは知らないだろう現象を理解しているとは。

「本来はあそこまで高温になる予定じゃなかったし、やっぱ不幸な事故って事か。手元で試した時は上手く制御できていたんだけど、難しいなあ。水蒸気爆発か。覚えとく」

「水は気化すると液体であった時と比較して千倍以上の体積になります。更に今回は恐らく指輪の熱で水素も発生していたでしょうから、引火による爆発まで起きた可能性があります。考えられない事ではありません。しかし、現状から予測できる威力にはそれでも……」

……。

識の話の内容が、僕が理解できる範囲を突破しようとしている。

それなりに勉強もしてきたけど、僕は基本的には弓漬けの人生だったわけで。多分、今テストをやったら識よりも点数低いだろうな、僕。

しかし、先生もいないのに教科書だけでどうしてこんなに専門的な知識を身につけられるんだろう。

やっぱ、識は凄いな。

「あの時何が起きたのかは分かったよ。で、あれはどうするべきだろうね。エヴァ達じゃどうしようもないだろうし、やっぱ除去して亜空にお持ち帰りが無難かな」

できれば何かに活用したいところだけどさ。騒がせておいて、撤去だけしてごめんなさいじゃあ、本当に申し訳なさすぎる。

「極めて安定しておりますので、このままここで活用する方向で考えるのが良いかと」

「マグマ池なんて、街の近くにあったら危なくない？」

「山で掘り当てられた温泉ともども、ケリュネオンにとっては大きな恵みになりましょう。それに、近くと言っても街の子供が近寄れるような距離ではありません。大人でここに落ちるような間抜けは、どの道長生きなどできませんので、気にするほどでもないでしょう」

「うーん……」

「この熱は使えます。池の周囲は雪も溶けて気温も高い。ケリュネオンにとっては当面の雪捨て場になりますよ。現状、雪の小山がそこら中にできていますからなあ。あれでは街の機能にも影響してくるでしょう」

雪捨て場！　そうか、その手が！

期待を持ちつつも、ネガティブな疑問を識に投げてみる。

「でも、雪を運んでくるには遠いだろう？　細い路地とか雪で埋まってるし、処分場所が必要なのは確かだけど」

日本でも豪雪地帯では融雪《ゆうせつ》に使う水路や、一時的に雪を積んでおける空き地でも用意してるんだろうか？

住んだ事がないと分かるわけないよな。

僕が暮らしていた中津原は、都市部なら何年かに一回、数センチ積もる程度だったから、当然雪への備えなんてなかった——と、思う。

実際、雪が降ると電車もバスも大混乱だったのを覚えている。

小さかった頃の自分にとっては嬉しいだけの雪だったけど、高校受験で降られた時はきつかったな……。

バスの中に監禁されている気分になった。

「この程度の距離なら、冒険者とドワーフを使って整備すればよいだけです。奴らも街に篭《こ》もっていては腕が鈍《なま》るだけ。巴殿が手がけている温泉は、恐らく配管が土中になるでしょうから、街に湯を持ってくるまでにはまだ時間がかかりますからな」

温泉を融雪に使うのは、元々次の冬を見越しての案だからそれは問題ない。そっか、川にするんじゃなく埋めた配管に温泉を流せば……。

識の提案をエヴァに話すかどうか考えていると、池を見ていたエマと長老がこちらに来た。見れば、ルリアも少し遅れて歩いてきている。

「若様」

「エマ。長老さんも。何か分かりましたか？」

僕の問い掛けに答えたのは長老だった。

「はい。お連れいただきありがとうございました。あのドラウプニルは内部に蓄積した魔力を熱に変換する装置として安定しています。少なくとも、五年程度は今の状態を維持すると考えられます」

五年。

結構もつんだ。

「しかし率直に言って、そこに至った過程までは分かりませんでした。エマ殿と相談したのですが、亜空でも同じ事を何度か若様に試行していただいて、あのようなドラウプニルを作ってもらえませんかな」

「なるほど。似た状況で繰り返し試行していれば、あんな感じのドラウプニルも出てくるかもしれない、と」

それも手か。単純な試行の繰り返しってのは嫌いじゃない。

魔族領で上位竜ルトのふざけたブレスを防いだ〝あの腕〟で底をすくって持って帰ればいいかと思ってたんだけど、なしだな。

識もケリュネオンで使った方がいいって言っているんだから、あのマグマと指輪を回収するのはやめておこう。

「作られる瞬間から見て、一から研究できれば、きっと近いうちにドラウプニルを使えるようになると思うんです」

エマにも改めて懇願された。

「この深さなら雪捨て場として……もっと深くすれば温水を生み出す場所としても使えるでしょう」

深くすれば……おお、本来の温水用途でも使えるというのか！

嬉しいね、みんな本当にありがとう!!

歓喜しながら頷いた。

「分かった。適当な場所が用意できたら声かけて。やってみるよ」

『ありがとうございます！』

こちらこそ、みんな本当にありがとう！

「この池だったところは識が言う通り、雪捨て場として活用する方向でエヴァ達に考えてもらおうと思う。山の方はクズノハ商会だけで進めるわけだから冒険者の手は使えるんだしね」

「はい。聞き届けてくださってありがとうございます」

頭を下げたいのは僕の方だったけど、識に先を越されてしまった。

温泉は成功、貯水池は多少の失敗はあったものの、大逆転でなんとか利用方法が見つかりそうだ。

「ライドウ先生！　あの真っ赤な火の池、しばらくはあのままらしいですね！」

話が終わったところを見計らって、ルリアが話しかけてきた。

「ルリア。病み上《やあ》がりだっていうのに、元気だね」

「そりゃあもう！　あんなもの見たら、やる気も漲《みなぎ》ります！」

ルリアは興奮気味で、防寒着を脱いで腕に抱えている。

確かに、この辺りは厚い防寒着を着たままだと汗ばむほどに暖かい。

「やる気、ねえ」

「お二人がお店のお客さんだった頃から思っていましたけど、先生はやる事なす事全部が他人に真似できませんね」

「五鉄《ゴテツ》については、識の方がよっぽど非常識だったと思うぞ？」

「……クリーム鍋ですか。あれは確かに限られた需要を病的に満たす不思議人気商品でした。ちなみに、私はあの良さがさっぱり分かりません。澪さん——澪様も、あれはゲテモノですと言ってました」

「うん、それで正しいよ」

「一応、こっちの食材でもあれをアレンジしたクリーム煮とか、とろみの強いスープなんかは作っていますけど、甘くはしてないですし」

「うんうん。シチューとかなら僕にも理解できる」

「ここから少し行った森には、そういうのに使っている美味しい鳥が棲息しているんです。街から道を整備して、ここが拠点か休憩所に使えるようになれば、それだけでも食材を多く確保できます。嬉しいですよー！」

そう言ってルリアが指差した方向には、森が広がっていた。

街からワンクッション置いて目指すなら、十分狩りの範囲にできそうだな。

狩りの拠点、休憩所みたいな利用法もあるのか。なるほどなあ。

雪深い冬の森って、あんまり恵みもなさそうだけど、少なくとも食べられる鳥がいるなら、行く価値はありそうだ。

「鳥か。そういえばスノーバードとかって鳥は美味しいの？」

温泉を掘りに行った時にセル鯨が仕留めた鳥を思い出す。

美味しいなら、今度は持ってきてあげてもいいな。

「……先生。あれは魔の山に入って仕留めないといけないから、私もまだ調理した事がないんですよ」

「あ、そうなんだ」

「あの森に出るアレスバードも相当厄介ですけど、そっちは狩れないほどじゃないですからね」

「アレスバード。スノーバードよりも厄介そうな名前だけど」

アレスって、なんか軍神っぽい。

「スノーバードと比べたら全然です。夏場は真っ赤な体で、群れで動くので倒すのが大変ですけど、個々の強さは大した事ありません。冬は真っ白な体になって、雪に紛れてのろのろ動くんで見つけにくいんですが、狩りやすさは夏よりも上ですね。ちなみに、夏と冬で味が変わります。どっちも美味しいですよ」

冬は真っ白にって、雷鳥《らいちょう》かよ。

夏は見つけやすいけど群れを相手にしなくちゃいけない。一方、冬はのろくて狩りやすい代わりに、真っ白で見つけにくいか。

それなりに面倒な鳥だな。

「最初はお肉が硬くて臭くて、食べるのは無理かなって思ったんですけどね。私なんて食べ物に関する事くらいしかできないでしょう？　だから作物とか、獣とか、食用になりそうなものの処理とか調理方法をしっかり見つけていこうと思って。アレスバードは習性から量を確保しやすいので、頑張りました」

「研究して食べ方を見つけた？」

「はい。いつまでも先生のお店から都合してもらう食べ物に頼っているばかりじゃ駄目ですから。ケリュネオンはケリュネオンで、住んでいる人のお腹を満たさないと。今も夏の余剰分を保存食料に加工できないか研究中です！」

「凄いね」

いや、本当に大したもんだ。

初めて見る野菜とか肉の美味しい食べ方を研究するというのは、僕もやった事がない。毒の有無程度は魔術で調べられるけど。

日本じゃレシピなんて、研究するまでもなく溢れていたからなあ。

僕が手にするような食材の調理方法は、大体ネットや本で探せた。

「そんな事ありませんよ。あんな池？　を作っちゃう先生の方が余程凄いです。冬なのにこれだけ暖かい場所があるとなると、今年の冬もなんとか乗り切れるって思えてきましたから。使い方、色々ありますもんね！」

雪を溶かす。

暖を取る。

……。

……。

あとは……魔術を応用して色々やる。

うん、確かに色々あるな。

「……ああ、そうだね。役立ててくれれば嬉しいよ」

「私も、体調を崩している場合じゃありません！　ちょっと慣れない事をしただけなのに、恥ずかしいです」

「慣れない事？」

「先日、冒険者の方の狩りに同行して、現場でのより良い魔物の処理方法を試しに行ったんです。その時の怪我と疲れで、少し寝込んでいました」

「処理方法って、倒し方？」

「まさか！　血抜きとか、肉の切り分け方ですね。毛皮みたいな素材はともかく、食材の方となると、冒険者の方々は肉を適当なブロックに切り分けて持ってくるケースが多いんです。それだと、食用に適さない部位も多いので」

「……」

……奥が深いな。

確かに、魚のしめ方や熟成も、種類によって適した方法や期間が全然違う。

素材じゃなく、食材として扱うとなると、冒険者のやり方は雑かもしれない。

ルリアが最適な手順を教えたとしても、彼らがそれを実践してくれるかの問題はあるけど……。

「結局、良いやり方で処理した食材なら価値も上がるので、こちらもより高く買い上げる事ができます。だから一応冒険者の皆さんの利益にも繋がるんですよね。常にできなくても、余裕のある時にやってもらえるだけで助かりますから。特に今は」

見透かされたような。

「縁の下の力持ち、みたいなものか」

「？　私もお姉ちゃんの支えになりたいですから。政治の仕事ではあまり手伝える事がないので、せめてもの手助け、ですけど」

ルリアはそう言いながら苦笑する。

政治は魔窟《まくつ》だ。

僕はルリアの考え方が賢明だと思った。

誰にも向き不向きはある。

ルリアはルリアにやれる仕事でケリュネオンに貢献できているなら、それでいいと思う。

だけど、手伝える事がないっていうのは、多分自分の事を過小評価しすぎだ。

食料が国にとってどれだけ大事かは、僕にだって分かる。

今後ルリアが生み出すだろう多くの技術は、エヴァにとって大きな力になるのは間違いない。

なんだかんだで、上手に助け合ってやっていけるんじゃないかな。

「エヴァも大変だけど、僕らも手伝うから。春になれば雪が溶けるし、開墾も進む。足りない人手は冒険者ギルド経由で移住者を募ればいい。エヴァを支えるのも大事だけど、あんまり一人で抱え込みすぎないように」

「はい。倒れないように頑張ります！」

人手に食料、設備その他諸々……国を動かすってのは大変だな。

……ああ、そうか。

魔王ゼフは、クズノハを〝商会として逸脱している〟と言った。

多分その理由の一つは、僕らがあまり他の誰かに依存しないから、じゃないか？

普通の商会は、不足しているものがあれば、それを他から調達する。たとえば加工職人が素材を調達するのは当然の事だ。

だけどクズノハ商会は、その気になれば亜空だけで全てを完結させられる。

それは……確かに異質なのかもしれない。

足りないものがあれば他の商会に頼るのは当然だけど、そうしないで済むに越した事はない。

商会を国に置き換えても、基本的に同じだろう。国を維持するのに重要な食料を他の国に依存すれば、それは確実に弱みになる。

なんて、ケリュネオンの事を考えていて、そこに気付いた。

となると……クズノハ商会って、外から潰そうとすると、かなり大変な存在じゃないか？

僕自身だけじゃなくて、クズノハ商会も防御力高かったんだな……。

うん。

商人の先輩であるザラさんとかレンブラントさんに聞いた、対立する商会への対処方法も、クズノハを相手に考えてみると、使えないものが結構ある。

従業員はそれなりに強いし、家族を押さえようにも亜空で暮らしている。

表立ってやっている仕入れは建前だから、別になくしても構わない。

そもそも、輸送関係を妨害されたら転移しちゃえばいい。

ツィーゲとロッツガルドで言えば、悪評が立っても笑い飛ばしてもらえるレベルでお客さんから支持されている。

黒字は毎月拡大し続けて、当座の現金にも困らない。

始めてまだ数年なんだけど……いつの間にか、凄く厄介な商会になっているような。

レンブラントさんに早い段階で会えたのも大きいけど、一番はみんなが頑張ってくれたからだなあ。本当にありがたい。

改めてクズノハ商会を自分で見直して、妙な感動を覚えた。

「さてと……識！　そろそろ戻るよ。二人は亜空に戻る？　それとも街に行く？」

傍にいるエマと長老にも尋ねる。

二人ともケリュネオンの街にも同僚や部下がいるから、どうするか聞いておかないと。

「私どもも、街までご一緒します。これと温泉を考慮した計画の見直しと、雪の処理に回るハイランドオークの派遣について、エヴァと話がございますので」

エマはエヴァには厳しい。

でも、なんだかんだで鞭《むち》だけで付き合っているわけでもない。

厳しくするのも、実は期待しているからじゃないかと、僕は密かに考えている。

なんにせよ、水と油みたいに相容れない関係じゃなく、仲良くやれているみたいで、嬉しい限りだ。

「儂も一度街で若い者の作業状況を確認します。その後は、温泉にも興味がありますので、巴様のお手伝いに加わろうかと。よろしいですかな？」

「了解」

あれ、識の反応がない。

池の方を向いて目を閉じて、口元に手の甲を当てながらぶつぶつ言ってる。

「しかし、蓄えられた若様の魔力量を最大に見積もったとしても……熱変換効率が……結果として発生する……どう考えても、左右の式の値《あたい》が等しくならない気が……」

「識！」

「だが、それではまるで……」

「識!!」

「っ!! はい、なんでございましょうか!」

「……戻るよ? どうかしたの?」

「あ、分かりました。申し訳ありません、ついつまらぬ事を考え込んでしまいまして。思った以上に自然科学という学問が面白かったもので」

「……まあ、ほどほどにね。で、巴は今日一日山に篭もるんだっけ?」

歩き出した僕の横に、識が並ぶ。

魔術とか農業関係だけでも結構勉強は大変だと思うんだけど、その上物理や化学にまで手を出して、大丈夫なのか心配になる。あんまり根を詰めるようなら、どこかでやめさせるか。

この分だと寝る時間を削って本読んでそう。

「……はい。二日で形にすると張り切っておいででした。あれほど……楽しそうな眼をした巴殿は久しぶりに見た気がします。温泉の力とは凄まじいですな。澪殿までも……期待、しておりました」

識は額を掻きながら、妙に言いにくそうに話す。

澪? 温泉で期待? あまりピンとこない。

「美容とか健康方面って事?」

「いえ。澪殿が惹かれているのは、その、混浴の習慣の方だと思います」

「こん、よく？」

なんのこっちゃ。

温泉が混浴？

いや、混浴温泉は日本にもあるけど……一般的じゃない。

大抵の温泉は男湯と女湯に分かれている。

一つしかない場合も、時間で切り替えている場所の方が多い。

温泉や湯治場の混浴が普通だったのは、江戸時代くらいまでだったはず……!?

江戸？

まさか、そういう事か!?

「はい。巴殿が温泉は男女混浴が基本だと澪殿に説明しておりました。無事整備が終わった暁には、一番風呂は四人で入ると、既に決めておられましたが？」

「よ、四人？」

「もちろん、我々と若様で四人です」

識が言い放った。

なんという……落とし穴。

亜空の貨幣《かへい》に、多少変則的とはいえ両《りょう》やら文《もん》やらを採用した巴の事だ。

そこも、江戸の感覚で考えておかないといけなかったかっ！

「四人で入るっての、あの二人は楽しみにしてる感じだった？」

「それはもう。かく言う私も、温泉というものに興味はあります。楽しみです」

「そう……」

まあ。

覚悟、決めるか。

どうせあんなホワイトアウトな山の中で混浴なんて、湯煙と吹雪で苦笑しか出てこない事になるのが目に見えている。

巴には悪いけどね。

元々湯を街に持っていくために掘ったものだから、場所が通称〝魔の山〟なのは仕方ない。

まさか、あいつもあの場所を一大リゾート温泉街として開発する気はないだろう。

密着とかしなければ、まあ乗り切れる。

家族で温泉入ったのと同じようなもんだ。

それにしても……予め男湯と女湯を分けるように言っておくべきだった。

失敗したたな。

「何やら、鱗《うろこ》、毛、水棲《すいせい》、大型と、各種族に合った沢山の屋外風呂を造るのだと、実に楽しげでしたなあ、巴殿は」

「え……」

何故それで男と女を分けない!?

どうしてそこが混浴になるんだよ！

悪魔か、あいつは！　分かっててやってるだろ！

言葉には出さなかったものの、覚悟は決めたものの。

理不尽を感じた。

なんとなく〝鱗の湯〟って言葉が頭に浮かんだ。

……理不尽だ。

◇◆◇◆◇

「レヴィ、悪かった」

「分かればいいのよ、分かれば」

ところ変わって、ここはケリュネオンの難所、強力な魔物が多く棲息する魔の山。もうすぐ魔の山ではなく温泉山と呼ばれる事になる場所である。

真とともにこの山を訪れたものの、魔物と遭う前に亜空に戻ったスキュラのレヴィが身の丈よりもずっと大きな岩を苦もなく担ぎながら話していた。

相手は、彼女の隣でふらふらしているローレライの青年。彼は工事用の道具を魔術で浮かせて運搬している最中だ。

二人とも、温泉を造る工事に参加している。

だが二人は今、他のメンバーとは少し離れた場所にいた。

「セル鯨殿も、若様も、よくこのような山の中を歩きまわれたものだ」

「あの二人はどうかしているのよ。とんでもなく寒いのもあるけど、ここって距離感どころか平衡《へいこう》感覚《かんかく》までなくなってくるでしょ？」

「ああ、自分がどこにいるのかすら分からなくなる。恐ろしい所だな」

「確かに私は寒さを舐めていたから、巴様からお話をもらった時に、この際克服するつもりで志願したけど、まだあの方が張った結界から出る気にはならないもの。若様とセル鯨さんは世間話をしながら、ここをまっすぐ、温泉が出るらしい場所まで歩いていったのよ!?　信じられる!?」

「うむー。レヴィが寒さに負けて逃げ帰ってきたと聞いた時は、からかうのに良いネタができたと思ったが……これは参った。伸ばした自分の手すらおぼろげにしか見えないとは。とても動けぬ事を笑える状況じゃない。むしろ高確率で死ぬな」

レヴィは自分がギブアップした山の環境がいかに過酷だったかを、自分を笑ったローレライの青年に教えてやるために、みんなと少しだけ離れた。

そして、青年はわずかに結界の範囲から出てみたのだが、数分で降参し、レヴィに謝ったところである。

実際、この山は冬以外の季節ならケリュネオンから歩いて三日ほどの距離にあるものの、冬期はとても人が足を踏み入れるような環境ではない。

絶えず吹雪が荒れ狂い、積もった雪までもが強風で巻き上げられ、視界などないに等しい。強力な魔物で、耳に届くのは風の轟音《ごうおん》だけ。上に向かえば向かうほど気温は下がり、やがて土は氷に変わって、昼であってさえ光が遮られて薄暗い。

魔物と戦うどころか、生きて留まる事さえできない山である。

世間話をしたり、ついついドリルになって地中を突き進むアトラクションなどやったりしている場合では、決してない。

実際、この工事の頭である巴が、温泉の出た場所一帯に結界を張っているからこそ、現場の作業が可能になっているという状況だ。

結界内は雪が入り込まず、強風もほとんどが遮断《しゃだん》される。

気温は零度くらいだが、外と比較すれば大分高く保たれていて、作業をする上で亜空の住人にとって支障がない状態になっていた。

今、レヴィと青年が話をしながらこの場にいられるのも、巴の結界のおかげである。

ともあれ、用事を終えた二人は急ぎ足で皆が集まる作業場に合流し、それぞれの班で次の仕事に取り掛かった。

そんな作業場の様子を満足げに眺める人影が二つ。

巴とドワーフの親方である。

「取り掛かりは順調じゃな、捗る捗る」

「岩風呂にヒノキ風呂、打たせ湯に足湯に流水風呂？　それにこれは……また随分と沢山の種類を製作するのですな、巴様」

「うむ、頼むぞ。若の国では入浴もレジャーの一つのようでな。参考にした若の国の入浴施設には様々なスタイルの風呂があった。時に温泉は旅行の目的にもなり得るものであったようでな。とてもとても手が抜けぬ。造作《ぞうさ》をかけるが、せっかくじゃから若にも満足してもらいたいでな。頼むぞ」

いわゆるスーパー銭湯の派生である、温泉レジャー施設だった。

足湯に打たせ湯、サウナまで備えられる予定になっている。

真が聞いたら、江戸時代はどこにいったんだと頭を抱えた事だろう。

伝統的な銭湯デザインも再現するので、巴に言わせれば〝大は小を兼ねる〟なのかもしれない。

「確かに。なに、我らもやり甲斐があります。お任せを、と言わせていただきましょう。それにケリュネオンの街まで湯を引く計画も面白い。――ん？　申し訳ありません、失礼します。どうした？」

近付いてきた若い職人の存在に気付いた親方ドワーフが、断りを入れて巴との話を中断した。

「親方、巴様から頂いたこの湯の成分なんですが、少し問題があるようで」

「なんだ？」

「一時的に湯溜りになっている場所で沈殿物《ちんでんぶつ》が見つかりました。確かめたところ、湯の中に含まれる不溶性の物質が外に出てきた事で固まって沈殿したんじゃないかって話で」

「……考えていた普通の保温用配管じゃ、なんぞ詰まるかもしれねえって事だな？」

「はい」

「……ふむ。大工経験が多い奴はそのまま作業を続け、それ以外の奴で一つチームを作って調査しろ。空気に触れねえように地中を通す配管なら問題ないかもしれんが、確かめるに越した事はねえ。詰まるなら、管の材質や永続付与魔術で対策できねえか、試行させろ。それから、他の種族のメンバーにもお願いして、意見を聞いてみろ。俺らじゃ分からん事を教えてくれるかもしれん」

「はい！」

巴と話していたドワーフが、部下の問題点報告に対策を講じる。

それを見た巴は、満足そうに頷いた。

力仕事は澪を筆頭に、既に敷地の確保と整地を進めている。

肝心の湯の方も入浴には問題なく、彼女が知る温泉そのもののようだった。

職人であるドワーフも良く動いていて、温泉計画は順調に進んでいる。

巴は満面の笑みで作業を監督していた。

「では、すまぬがしばらく任せるぞ。夕刻には戻るゆえ、分かる事から手をつけていくように。結界に問題が生じるようなら、いつでも連絡をくれ」

「……分かりました。いってらっしゃいませ！」

「うむ」

霧の門に消える巴。

温泉という楽しみが間もなく実現するにあたって、やっておきたい事は多々ある。

絶対に真を満足させてみせるというやる気が、彼女の瞳に宿っていた。

7

ケリュネオンの温泉というちょっとした不安要素を新たに抱えつつ、僕と澪は予定より少し遅れてナイトフロンタルに戻った。

ライムとの連絡は切らさないようにしていたものの、幼いながらも勇者のパーティの一員であるチヤさんはともかく、ジョイさんや荷物持ちさん達は相当な不安を感じていたらしい。

念話を常用の連絡手段にしているのはごく一部の冒険者や商会、国家くらいのものだからね。

ルーグさんは大きな商会だから念話への理解もそれなりにあるはずだけど、ケリュネオン絡みで色々と過去があるからか、そっちに気を取られていて、やはりあまり落ち着きがなかったとか。

……はい、無理にでも一回は帰るようにすべきだったと、ライムから話を聞いて反省した次第です。

向こうの温泉絡みで山に登った時に、ナイトフロンタルについてふと感じたというか、理解できた事があるんだけど、ここ……お化け屋敷っぽいんだよな。

いや、黒い霧は有害だし、妙な虫はいるし、沼や水中から襲ってくる蛇系の魔物とかそれなりに強いし、危険なのは確かだと僕も思う。

ただなんと言うか、仕込みっぽく感じている自分がいる。

言うなれば、実際に人が襲われて死ぬお化け屋敷、だろうか。

……ん、違うな。この表現だとやっぱり怖いし、危ないだろってなるよな。

うーん、確かに死ぬだろうけど、なんかなあ。

コテージに戻ってくる前に上から見下ろしてみたら、黒い霧が意思を持っているみたいにうねっていて、一帯に留まり続ける雲海のようになっていた。

もちろん、周囲の地形の詳細は分からず。

一応日を跨《また》いでまで調査をしたのに見合う成果は持ち帰らないと、みんなの不安を増大させちゃうから、周囲のマップ作製らしき事をささっと済ませて、テーブルに広げて見せる。

ま、このくらいしておけば、怪しまれないでしょう。

ライムが感心した様子で地図を覗き込む。

「流石旦那と澪の姐さんだ。一日ちょいで、移動した距離や元の小屋の場所と、ここの位置関係まで見当をつけるたぁ……冒険者顔負けっすね」

「補足しておきますけど、元の小屋との距離はやや憶測も交じっておりますよ。木道が全域に行き渡っていれば、さほど苦もなく戻れるでしょうが……それはあまり現実的ではありませんね」

澪が閉じた扇子《せんす》でトントンと広げた簡易マップの各所を突く。

実際、戻るという手もありだ。

ただし、それだとアルグリオさんからの依頼は失敗という結果になる。

実は王都の候補地で王家に献上《けんじょう》する予定だなんて説明をされている手前、ちょおっと険悪な雰囲気になった先輩に、何かフォローをしておきたい気持ちなども僕の中にはあって。

王都移転は先輩達の望みでもあるようだし、以前戦争や魔族の件で口論っぽくなっちゃった事へのお詫び代わりになればな、と。

……澪が不機嫌になりそうだから、先輩の事は口には出しませんが。

そんな中、ジョイさんが恐る恐る僕らを見て尋ねてきた。

「正直、私はこの分野では素人《しろうと》同然なので申し訳ないが、質問させてほしい。初めて来たこんな場所で、これだけ迅速《じんそく》に周囲を探査できるのであれば……その、ライドウ殿達ならこのコテージごと元の場所に転移なんてできないもの……なんですか？」

前置きがどこぞの学会で聞こえてきそうな常套句《じょうとうく》っぽいけど、彼の場合は本当に素人だ。

ジョイさんが言葉を紡《つむ》ぐにつれて、僕ら以外から呆れたような冷たい視線が集まり、彼の声はどんどん小さくなっていった。

……生きて帰るのだけが目的で、調査が失敗でもいいなら、彼が言ったように転移するのもありなんだよね。みんな、本当に怖がっちゃってるからなあ。

「そんな無茶苦茶な曲芸、魔王だってできませんよ、ジョイさん」

チヤさんが心底呆れた顔で、ジョイさんの提案を一蹴した。

ルーグさんも短く溜息を漏らすし、荷物持ちのポーターズまで〝こいつは何を言ってるんだ〟的な目を向けている。

ルーグさんが地図を何点か示しながらジョイさんに指摘する。

「そもそも建物と中の人物ごと、元の場所……つまり、ここまで転移などできるのなら……同じ距離こちら側に飛べば、ナイトフロンタルから脱出できますからな」

「……あ」

このマップ、縮尺はそこまで正確ではないとはいえ、確かに元の場所に転移するくらいなら方向を変えてナイトフロンタル自体から脱出した方が良いだろう。

「加えて、あくまでも私の知る限りですが、この規模の転移は歴史上前例が存在しません。建物だけであれば何キロかの転移が実験的に行われ、成功した記録がリミア王国にもあります。ただし、中にいた者は半数が行方不明だったようです」

「うっ……では、やはりあの顔の化け物をなんとかして、安全を確保してからでなければ――」

「脱出は叶わぬでしょう。事ここに至っては、我々の生還のみでもアルグリオ様には十分な成果として報告できましょうが……アレはそれを許す雰囲気ではありませんでした」

アレ、か。あの顔。

どうも僕にはテーマパークみたいなアトラクション感が強かった。

！　そうか！

それだよ、実際に人が死ぬとかはどうでも良くてだ。

ここは全体的に機械仕掛けみたいなんだ。

スライドする小屋といい、あの顔といい。

なるほど、それでどうにも怖さが足りなかったわけか。

別にホラー好きじゃなくても、情感ってのが大事なのは分かる。

黙ってあれこれ考えている僕に、チヤさんが意を決した様子で聞いてきた。

「あの……ライドウさん。あの霧や顔について、私達を殺そうとしている相手については、何か分かりましたか？」

実は、あの顔についてはこっち――コテージの方で動きがある事を期待していた。僕と澪が離れればコテージにちょっかいをかけやすくなるので、何かしら仕掛けてくるんじゃないかなと思っていたんだ。

でも、澪がコテージの周辺に放射状に張り巡らせた巣を模した糸にはなんの反応もなく、ライムからの報告でも中も外もさしたる異変はなかったそうだ。

「残念ながら、顔の方については何も。ライムからこちらへの攻撃などもなかったと聞いていますが、実はどなたか怖い思いをしたとか、密かに交渉を持ちかけられたとか……あったりします？」

『……』

誰もが首を横に振る。

だよな。巴に確かめてもらうまでもなく、嘘を言ってる様子はない。

ここにいる全員が一蓮托生《いちれんたくしょう》だと覚悟を決めているのは、コテージを出る時にそれなりに感じていた。

チヤさんとライムのフォローもあったんだろうか、今やみんなお互いをある意味での仲間だと思っている節さえある。

「霧については正体に見当がついたんですが……。すみません」

半分期待に応えられなかった事を謝罪したところ、チヤさんが目を丸くした。

「！　霧の正体が分かったんですか⁉」

彼女はむしろ霧の正体が分かった事に驚いているみたいだ。

いや、亜空に投げたら結果が来ただけで、主に識のお手柄《てがら》だから。

「ええ。外に立ち込めているあの霧、物凄く小さな虫でした」

「虫⁉」

「本当に目に見えぬほど小さな……何者かに改造された虫です。正確には魔法生物と呼ぶべきかもしれません。ここに〝ナニカ〟が存在するのは間違いないですね」

「だ、大丈夫なんですか？　虫なんて体に入って」

「いえ、悪さをするみたいですね。だからこの霧をある程度以上吸い込むと調子が悪くなって、おかしくなったり、最悪死んだりする。どうも……体を内から食い進めながら最終的には精神も侵す感じに作られている」

しかも材料がまた……。

特にチヤさんには言おうかどうか迷うんだけど、彼女なら意外とやる気を出してくれるだろうか。

「先日、ローレルでも紫色の雲というか、ガス状……詳細は分からないんですが、そういう魔物が出ました。同じ種、でしょうか？　ライムさんは知っていると思いますけど」

チヤさんはちらりとライムを見ながら、僕に質問した。

「意図的に〝作られて〟いますから、違うと考えています」

「目に見えない大きさの虫を〝作る〟というのも、よく分かりません。何をもとにしてそんな事ができるんですか？」

巫女というのは伊達《だて》じゃないよね、鋭い。

「あくまでも僕らが調べた限りなんですけど」

「はい」

「恐らくは、精霊を原料に黒く小さな虫を生み出している、と」

虫、虫と説明してはいるものの。

正確には虫じゃなくて、虫みたいなモノ……僕の感覚だとナノマシンって表現がピッタリなんだけど、そこは自重《じちょう》した。

「なっ!?」

「そこまで強力な精霊は使われていないだろうと考えています」

「せ、精霊をそんなおぞましい虫に作り変えたと仰るんですか⁉」

「……お辛いとは思いますが、僕らの結論としては。主に水と土の精霊をかこ――使っていると見ています」

加工と言いそうになったけど、チヤさんの気持ちを考えて、すんでのところで引っ込めた。

昔、識の奴もね……。

あいつ、過去に荒野とか地方で精霊を使ってそこそこ外道《げどう》な実験とかもやらかしてるから、彼の口から精霊絡みの話が出ると、結構信憑性《しんぴょうせい》が高い。

中位の精霊や高位の精霊がここに寄り付かないと言うんならともかく、自我のない下位の精霊まで一切存在しない区域なんて、自然的豊かさの代名詞であるリミアじゃ、ちょっと異常だもんな。

自然発生しているはずの下位精霊を、そのままなんらかの手段で回収して、黒い霧として生まれ変わらせる。

ありじゃないかな。僕も納得だ。

「一体……どんな狂った輩なら、こんな外道な真似ができると言うんです……どうかしてます」

チヤさんが唇を噛んで怒りを滲《にじ》ませる。

「あまりにも現実離れした結論でしたが、この一帯からは全く精霊の気配を感じないというチヤさんの言葉を思い出して、もしやと。詳しく調べれば、火や風の精霊も少し使われているかもしれません」

かもしれないというか、まず確実に。

そうじゃなきゃ、全ての精霊が感知できないなんてありえない。

「……これも魔族の仕業《しわざ》ですか」

「違うでしょう」

チヤさんがいきなり魔族の陰謀に結びつけたので、否定しておく。

いくら戦争相手でも、濡《ぬ》れ衣《ぎぬ》が過ぎる。

何故そうなるのか。

「！　どうして断言できるんです？」

「だって、魔族にも精霊魔術の使い手はいるでしょう？」

「……え」

「僕が目にした事があるのは火と土ですけど。チヤさんは響先輩と一緒にいて遭遇しませんでしたか？」

「……そういえば、何度か」

「でしょう？　こんな精霊皆殺しみたいな真似したら、その種族ごと精霊から見放されて、とても精霊魔術なんて使えなくなるんじゃありませんか？」

「当然です！」

「だから、今回は魔族という線はないかなーと」

「だ、だったら一体何者がこんな事をするというんですか！」

「そこは……先ほど言いましたけど、まだ分かりません」

「あ……そう、ですね。すみません」

チヤさんにとっては、精霊といえば水。その水の精霊を人に有害なモノに改造しているなんて知ったら、怒って当然だ。

とはいえ、僕は少しだけ嘘を吐《つ》いた。

一体何者なら、という問いへの答えだ。

精霊と敵対している存在は、この世界ではさほど多くない。

魔族も精霊とは大きな枠組みで見れば協力関係にある。

一部の亜人は、もしかしたら敵対はしているかもしれないけど、こんな大それた真似はしないと思う。

リミアの一画に魔境を形成するレベルでやらかす奴となると、竜。

上位竜はどれも精霊を嫌っているから、彼らならやっても不思議ではない。

そして、リミアの上位竜といえば、〝瀑布《ばくふ》〟のリュカ。でも、彼女は先輩とも協力関係を築いたようだし、ナイトフロンタルについては一切口にしていない。

変態のルトなら、黙ってこんな実験もしかねないから、一応有力な容疑者だ。一回話をしに行くのも悪くない。

でも実は、僕の頭の中には別の犯人像がうっすらと浮かんでいる。

精霊を利用する事に忌避感《きひかん》がなく、彼らから見放されようが気にしない感覚の持ち主。

それは……僕ら。

クズノハ商会という意味じゃなくて、異物という意味での僕ら。

異世界人、日本人、チヤさん達ローレルの言い方をすれば〝賢人〟か。

この世界の異物である僕らなら、世界転移した経緯と、こっちでの環境によっては、世界すら憎むと思う。

精霊だろうが竜だろうがヒューマンだろうが魔族だろうが、お構いなく、だ。

それに、この機械仕掛け感、お化け屋敷風味。

……なんとなく、予感があるんだ。

となれば、勇者か僕がちゃんと知っておくべき案件かな、ともね。

「まあまあ、お二人とも。いざこの中で戦闘となった時に頼れるのは、クズノハ商会さんと巫女様くらいなんです。仲良くいきましょう。不和《ふわ》を生み出すのも敵の手かもしれませんからな」

ルーグさんが悪くなりかけた空気を明るいものに戻してくれた。

もしかしたら、ナイトフロンタルにはチヤさんにとってあまり見たくないものが埋まっているかもしれない。

でも、彼女には先輩がついている。

あの人なら、仲間のフォローで下手な真似はしないだろう。

ローレルの中宮――彩律さんの怖い顔も浮かぶし、無事は僕らで保証するとしてさ。

事を済ませて安全に巫女を勇者の元に戻す。

今はそれでいいやね。

その後は世間話やら食料や体調の確認やらで時間を過ごし、夕食時にまた集まろうと決めて、解散。

ライムに外の見回りをお願いして、ルーグさんにはダイニングに残ってもらう。

ホープレイズ家に一番近い人であり、この場では立場的に一番僕らから遠い人。

後はこの人をしっかり落としておけば、安心してナイトフロンタルを踏破《とうは》できる。

「ケリュネオンの話、ですかな」

開口一番、ルーグさんがそう聞いてきた。

「その証、です」

「!!」

まずテーブルに真っ赤なトウモロコシを一つ置く。

これがストーブコーン。

そして一房だけ、銀色に輝く毛の束も追加する。

マンガールオークの毛は個体で色が大分違うから、今回は見た中で一番多かった色のものを持ってきた。

「君達――いや、貴方達は一体……」

ついさっき、彼は転移についての知識を披露したばかりだ。

いくらケリュネオンの証をどうのと言っても、ここから生還した後の話だと心中では思っていただろう。

良い方に裏切る分には、早い方がインパクトも強いんだよね。

――と、そこで、ストーブコーンを見た澪が口を挟んできた。

「その赤いトウモロコシ、なかなか調理が難しいですね。お前、何か知っているなら教えなさいな」

……だよね。

ちゃんと澪に大人しくしててね、って言わなかった僕が悪いね。

せっかく良い方に驚きの先制打を加えたというのに、振り出しに戻った気がする。

あー、どうしようかな。

どこから僕らへの協力をお願いしようか。

「……ふ」

「？」

「ふふっ、ふは、ははは っ！」

ルーグさんがいきなり笑い出した。

嘲《あざけ》る類の笑いじゃなく、本当に面白くて笑っている顔だ。

感情がしっかり顔に出ている、本心からの笑顔が目の前にあった。

しかし、澪はそれを見て眉をひそめる。

「……商人に聞いたのが間違いでしたか。多少は美食も理解する輩かと思いましたのに」

「輩とか言わない。あと、料理の話もちょっとステイ」

「……はい、失礼いたしましたっ」

ちょっと拗《す》ねた風の澪。

確かにストーブコーンは難敵みたいだから、気持ちは分かるんだ。

交渉が一段落したらそっちの話もして良いから。

僕はしばらく澪を宥めたり普段からの感謝を伝えたりして、なんとか彼女を落ち着かせた。

「……ふぅーー」

そうこうしていると、ストーブコーンを見つめてしばらく笑っていたルーグさんが、ようやくこちらを見てくれた。

「ライドウ殿、そしてクズノハ商会に心からの感謝を。お約束通り、私と私の商会が持つ力の全て、今日この時から皆様のために如何様《いかよう》にも役立てましょう」

「へ？」

ルーグさん、真顔です。

いや、確かにそんな話は発つ前にしましたけど。

入手経緯の説明とか、仔細《しさい》の交渉とか、あれ？

なんでブツを置いただけで交渉が終わってるんだ？

ど、どこがこの人に刺さったのか全く分からん!?

ここから大分疲れるハードな交渉を覚悟をして、どこまで話してどこから誤魔化そうかと頭の中で練り練りしてたんだけど。

「まさか、生還どころか魔境から行って帰って、約束を果たすとは。もはや……私の理解を遥《はる》かに超えています。その上、ストーブコーンの料理法、ですか。はは、本当に……何もかも全てお見通しというわけですか」

？？？

おっと？

「若様をただの商人と侮るなど、愚かの極みだとようやく分かりましたか。お前如《まえごと》きの経験など、若様の小指の先にも及びません。いいえ、爪の端っこにだって――」

「澪、ホントにマジでちょっとだけステイ」

またしても澪が空気を読まない話を始めるが――

「本当に澪殿の言う通りですな。驚愕を通り越して理解の範疇《はんちゅう》を超え、ただ讃《たた》える他ない。そうですね……せっかくこうして懐かしくも貴重なストーブコーンがあるのですから、バーストルビーという料理法をお見せしてもよろしいですか？」

「へ？」

ん、なんか料理の話になってる。

そして噛み合ってないようで、澪の方がルーグさんとちゃんと話してる感じに。

ど、どうなっているんだ。

「……へえ、そういえば、お前はケリュネオンと縁があるんでしたね。ルリアも困ってましたし、やって見せなさい」

「畏《かしこ》まりました。少しお時間を頂きますが、その間はお部屋でお待ちになるなり、私の昔語りに耳を傾けるなり、お好きになさってください」

「全部、見させてもらいます。好きに語るのは止めませんが、料理法の質問にはきちんと答えなさいね」

「あ、じゃあ僕も。お話を聞かせてもらいながら待たせていただきます」

ルーグさんはなんだか凄く上機嫌だった。

彼はキッチンに立つと、ストーブコーンの表面の汚れを刷毛《はけ》みたいなもので払い、粒を丁寧に、そして慣れた手つきで芯《しん》から外しはじめた。

実は趣味が料理だったのか⁉

そんな馬鹿な。

「本来であれば粒を乾燥させた物を使うのですが、思い出深い料理ですので、今回は生の物を使った方法をお見せします。といっても、基本的にはこういう深さのある鉄鍋に粘度《ねんど》の高い食用油、そしてストーブコーンがあれば事足りるシンプルな料理です」

腕を捲《まく》り、肘の辺りまで手洗いを済ませると、ルーグさんは中華鍋みたいな大きめの鉄鍋を強火にかけた。

油はいくつか見た後で、説明通りの粘度高めのゴマ油に似た感じの物を選んで手元に置く。

……なんだこのコテージ。

澪が呼んだドワーフの手によるものとはいえ、キッチンの装備が良すぎないか？

でも、明らかに料理経験があるルーグさんにはこれもプラスに働いたのか、笑顔で鍋の熱気に包まれている。

お、結構な量の油を投入。

揚げ物……には少し足りないか。

底に油溜まりがしっかりできる程度には入ったな。

「この食材は希少性もさる事ながら、実に様々な特性を持っている事で、料理人泣かせとしても有名でした。たとえば、生のままかぶりつけば激辛で涙が出るほどなのに、すり潰したら辛味はおろか味も風味も消し飛んで、赤いだけの――その辺のトウモロコシよりも不味いペーストになってしまう」

なんじゃそれ。

めっちゃ繊細と言えばいいのか、マニュアルがないと触れない素人お断りの気難しい食材と言えばいいのか。

横目で澪の様子を窺うと、まだ鍋を火にかけて油を入れただけの段階なのに、戦闘モード以上の物凄く集中した表情で鍋とルーグさんを見ていた。

ルーグさんの説明にも力強く頷いているし、まるで料理人の師弟が料理の秘伝を継承しているかのような印象を受ける。

……でも結果的に、澪の行動がルーグさんの気持ちを解して、味方にしてくれたようなものだよね、これ。

「――それでも、ケリュネオンの料理人達は少しずつ長い時間をかけて、森の宝であるストーブコーンを解き明かしてきた」

少しの間鍋を見つめていたルーグさんは、ここでボウルに入ったストーブコーンをまとめて投入。

「！」

「生のストーブコーンを粘度の高い油に絡めると、こうして一粒ごとに油が絡みついて、まるで個別にコーティングを施したようになります。揚げ焼きになる事もなく、こんな風にかき回すと、乾《から》煎《い》りでもしているかのような特殊な状態になるんです！」

　作業を見ていた澪が、真剣な顔で質問を挟む。

「今、コーンを投入したタイミング。油はあの温度である意味が？」

「――っ、ええ、もちろん。澪様は間違いなく腕の良い料理人のようですな。もしや、温度の見当までついておられる？」

「当然でしょう。使っている鍋、泡の出方。油の様子に気を配るのは基本ですよ、基本」

「……才ある料理人にとっての、初歩ですよ。普通はもっと鈍感なものです。多少人より美味く飯を作れる程度で驕《おご》り、料理人を目指す者だって、無数に存在するのですから」

「ふん。まあ、そういう輩が多いのも、一発のアイデアだけでそれなりに名が知れてしまうのも……まあある事ですわね」

「そう。できた料理が奇跡的に美味ければ、ただそれだけで人が群がり、時に料理人も己の腕を勘違いしてしまう。澪様は才に溺《おぼ》れず謙虚《けんきょ》に料理に向き合ってこられたのでしょうな……それは本当に凄い事です」

「謙虚も何も、私は未だに自分の腕に満足した事などありませんから」

「私などはその勘違いしたクチの一人でして。実家の家業などつまらないと、若い頃に拙《つたな》い自分の腕に根拠のない自信を持って、リミアからケリュネオンに料理修業に出たのです。その時にホープレイズ家やアーンスランド家には本当に世話になりました。今思えば……全ては私に現実を教え、家業を継ぐ道に戻してやろうという優しさ。甘ったれな私には過ぎた方々でした……」

料理人同士の会話をしていたかと思ったら、ルーグさんの昔話にシフトした。

このナイスミドルにも若い頃の失敗ってのはあるのか。

デカい商会の後継ぎとして生まれ、若気の至りで料理人になろうとしたが挫折《ざせつ》して、そんで今は商会も発展させて成功していると。

そんな感じかな、なんて僕は思っていた。

実際その通りだった。

ただ……こうして人に笑って話せるようになるまでは結構な時間が必要だったんじゃないか。そう考えさせられる重みもあった。

彼がケリュネオンからこっちに戻った切っ掛けは魔族の侵攻で、そのままケリュネオンは滅んでしまったわけだし。

つまり、世話になった人も料理人仲間や商家の子として挨拶した人達も、ほぼ亡くなっている。

でも彼は、家柄のおかげでかなり手を尽くされて、リミアに生還できた。

ただ若かりし日の挫折と一言にまとめてしまうには、色々重くてしんどいと思う。

そして、リミアに戻って大人しくエンブレイ商会の後継ぎとして勉強を始めたルーグさんは、商人の仕事が恐ろしく簡単でつまらなかったんだそうだ。

ここは僕もある程度分かる感覚だ。

いや、僕にとって商売は物凄い難易度だよ？

なんなら、亜空の主というのもかなり場違い感もあるよ？

ただ、商売というのを僕にとっての戦闘に置き換えると、まんまだなと。

ルーグさんはその時初めて才能があるという感覚を知ったんだそうだ。

適性とも言えるのかも。

でも残念ながら、僕もルーグさんも、自分が望んでいる事に才能があったわけじゃなかったと。

そういう意味での共感だ。

僕からすると羨《うらや》ましい話だけど、ルーグさんは商人としての嗅覚《きゅうかく》、人あしらい、商機の見極《みきわ》め方、金の使い方など、そのどれもが呼吸と同じような難易度でしかなかったらしい。

……実はさ、レンブラントさんも同じ感じがする。

あの人、私も若い頃はどうのと、苦労したらしき事を話してくれたりするんだけどさ。ルーグさんと同じ感覚で、さくさくっとやってきたんじゃないかと思うんだよね。

明らかに彼も商人としては超一流だし、なんとなくこの二人に似た雰囲気を感じたって事はそうなんじゃないかと。

人種が違うんだよな。

僕が状況問わず戦場で化け物呼ばわりされるのと一緒ではなかろうか。

そんな僕の取《と》り留《と》めのない思考をよそに、ルーグさんの料理は続く。

「後は油の膜《まく》がなくなったくらいを目安に火力を一気に強め……変わらず絶え間なく……ただ全体的に回すようなイメージで、ひたすら鍋を振り続けます」

「ポップコーンになる未来しか見えない」

「ポップコーンじゃありませんか」

僕と澪が同じ結末を予想した。

「ははは、その通りですよ。バーストルビーなどと大仰《おおぎょう》な名前が付いていても、やっている事はストーブコーンのポップコーンです」

そして肯定のお返事。

「……とはいえ、私もルリアも作れませんでしたけど」

「先ほどの油を絡ませるところがコツです。乾燥した粒で作る時は実《じつ》は違うものを実《み》に吸わせてやる。ただそのちょっとした一工程を要求してくるのが、ストーブコーンなんです。そして味は辛味、渋味、酸味、苦味、甘味、旨味、塩味の全てに変化する。こんな見た目の派手な珍味のくせに、あらゆる味に変化する万能選手で、しかも穀物。凄い物なんですよ。これで量さえ取れれば奇跡の作物なんですが」

ルーグさんとしてはオチを付けたつもりだろうけど、実はもうじき栽培予定ですなんて伝えたら、どうなるんだろう。

そうか、ストーブコーンってそんな凄い作物だったのか。

ケリュネオンの助けになってくれそうで、安心した。

「そろそろ弾けてくる頃ですか？」

「はい。弾けはじめる頃ですね。では恐縮ですが澪様、適当な容器をいくつか用意して、受け止めてもらえますか」

「仕方ありませんね。レシピを一つ教わったのですから、そのくらいはしましょう」

「ありがとうございます。では、そちらに飛ばしていきますので」

ルーグさんが少しおかしな言い方をした次の瞬間――

ポンッと聞き覚えがある音が一度鳴った。

続けて、軽快な破裂音が次々に響きはじめ、真っ赤でふわふわのポップコーンが澪の方に弾かれていく。

次も、次も、鍋を微妙に動かして、それで調整できるものなのか。

全部が澪の持っている容器に入っていく。

澪が多少位置の調整をして受けているとしても、なかなか見ものだ。

「あら、面白い。鍋の調整だけじゃありませんね。それ、弾け方にも法則があるんですの？」

「……これは私のオリジナルです。味に関係しない曲芸にすぎませんが」

「ですわね。でも屋台の客寄せくらいなら十分映えます」

味についてはばっさり切るんだな、澪。

「バーストルビーの屋台ですか、はははは っ！　今日は本当に楽しい日だ。ナイトフロンタルの真っただ中に隔離されているというのに！　これ一袋で金貨一枚は下らんでしょう。そんなに取る屋台など、くく」

「最近のツィーゲでは結構ありますけどね。屋台で金貨レベルっての。あそこは荒野の食材を使った冒険者向けの色物も出すから、時々頭おかしい値段になるんです」

「……なんと。ツィーゲ、アイオンの辺境都市でしたか。そんなものが普通に売られている場所があるとは、不勉強でした。死ぬまでに是非一度食べ歩いてみたいものですねえ」

「その時は僕らクズノハ商会でエスコートしますよ、ご連絡お待ちしてます」

「死ねない理由がまた増えました」

次々と、本当に次々とコーンが弾けていく。

あれ、これ……かなり多いぞ。

たった一本のコーンからできるポップコーンにしては、明らかに異常だ。

容器を持ち替えた澪が再び鍋の中を凝視しているから、錯覚《さっかく》なんかじゃなく、多いのは間違いない。

「わあっ！　綺麗！」

「!?」

歓声に振り返ると、そこにはチヤさんや他の皆さんの姿が。

おっと。

敵意も悪意も何も感じなかったから、つい話の方に集中して気が付かなかったな。

ルーグさんの手元から真っ赤な花が澪に向けて飛んでいく様《さま》は綺麗だ。

この感じ、屋台なら本当に受けるんじゃないか?

「おや、派手な音を出しましたから、皆さんのお休み時間を邪魔してしまいましたか。あ、澪様。あと容器二つほどで終わります」

「全部で五つですか。この量には驚きました。そして見映えも美しい。素晴らしい手際《てぎわ》でした」

自然と、感嘆の言葉を口にしていた。

「お褒めいただけて光栄です、ライドウ様。どうぞ味見をお願いいたします。その後は皆様に振舞いたいのですが、よろしいですか?」

「差し上げたものですから、構いませんよ。では……」

言ってもポップコーンだ。

さして緊張などなく、気軽に口に運ぶ。

うん、香ばしくてお馴染みの触感で……胡椒《こしょう》をしっかり効かせたスパイシーさに確かな塩味!?

何度か噛み締めた後で、溶けていく後味には濃厚な旨味まで感じる。

鍋に入れたのは油とストーブコーンだけだったのに、驚いた。

七つの味に変化する、なんて説明が大袈裟じゃない。

こんな穀物があるのか、凄いな。

「どうです？」

「調味料を全く使っていなかったのに、こんな味に仕上がるなんて予想外です。しかも生で感じるという激辛が欠片も残ってない。味の変化の振り幅が物凄いんですね」

「ああ、安心しました。どうやらまだ私の腕にもあの頃の記憶が残っていたようだ」

そう言って、ルーグさんは顔に皺《しわ》が刻まれるほどに深い笑みを浮かべる。

思わずこちらにまで伝染しそうな、心からの笑顔だった。

「ライム、運びますよ、手伝いなさい。さ、食べたい者はテーブルに掛けてお待ちなさいな」

「へい！」

澪とライムがテーブルにバーストルビーを並べる。

ついでに、飲み物にアルコールと果実水、水も同時に用意していく。

手でそのままつまむものだから、指を拭《ふ》くハンカチまで手早く添えられていた。

腰掛けて、明らかにうずうずしているリミアの皆さん。

無理もない。

ルーグさんのパフォーマンスを見せられて美味しそうな香りと音が満ちたところに来てしまったんだから。

「さ、若様も」

「ありがとう、澪」

美味しい物を食べるのは、生きる喜びの一つ。

これで少しでもチヤさんやリミアの人達に活力が湧いてくれたなら、有難い。

少なくとも、ナイトフロンタルへの滞在はまだ続く。

笑える時間は貴重だ。

僕はこの空間を作り出してくれたルーグさんと、ケリュネオンの真っ赤な特産物に心から感謝した。

8

一大温泉リゾートや。

ここは魔の山、一度はおいで。

――じゃなくて。

ついつい現実逃避しちゃったよ。

「凄すぎる。なんだよ、このハイパー銭湯屋外温泉仕様は」

コテージの自室に戻った後、僕は巴に呼び出され霧の門経由でケリュネオンの魔の山へ。

そこで僕が見たのは、どこぞの温泉地が町おこしをかけて展開したかのような巨大な温泉リゾートだった。

敷地と外を区切る大きな門からむこうは、荒れ狂うホワイトアウトの吹雪。

なんとも非現実的な場所だった。

敷地内は、薄着で出歩いても、まあ露天風呂だと思えば問題ない気温に調整されている。

風もなく、静かに控えめな雪が降っていて、なんか風情があった。

「見事なものですなあ。流石は巴殿です」

識も感動している。

色々な趣向《しゅこう》を凝《こ》らした沢山の風呂が並ぶ景色はなかなか見ごたえがあるから、当然の反応だ。

岩風呂を中心に、打たせ湯、足湯、五右衛門《ごえもん》風呂《ぶろ》みたいな一人用まで。

日本でもテレビ以外ではあんまりお目にかかった事がないレベルな気がする。

「そうじゃろう、そうじゃろう！　儂の自信作じゃぞ！　名付けて大江戸おんせ――」

僕と識の会話に加わってきた巴は、既に浴衣姿《ゆかたすがた》になっていた。

「まあ、その名前は却下《きゃっか》するとして。魔の山温泉郷でいいんじゃないかな、うん」

「江戸の二文字が入っていないではありませんか、若！」

「江戸の名前を冠《かん》する温泉なら、いずれ亜空で造る時までとっておきなよ。これだけの場所を造った経験は、間違いなく役に立つんだしさ」

「む、むう。せっかくの温泉ですから、確かに若が名付けをしてくれるなら、それに勝《まさ》る事はありませんが……ふむ、亜空の温泉に江戸の名をとっておく。それも良しですな」

周囲には、温泉特有のわずかに硫黄っぽい臭いが漂っている。

その中にヒノキの良い香りも混じっていた。

岩風呂以外にも、ヒノキとか木材を使ったお風呂もあるって話だから、楽しみだな。

言い出すまでもなく、彼女の満面の笑みから、この温泉がかなりのものだって事は分かる。

「さて、それじゃ……入ろうか。僕らが入らないと、他の人も使えないみたいだしね」

最初に利用するのは僕でなければいけないという理由で、ここはまだ誰も使っていない。

当初予定していた二日で、巴と澪は温泉としての機能をほとんど実現させて、入浴可能にしたらしい。ところが、結局そこで巴とドワーフの拘りが炸裂して、温泉改良計画が始まってしまったそうだ。工事は更に三日続き、今日に至る。

ケリュネオンに温泉を引く計画も順調に進んでいるけど、その三日で加速したのは温泉郷の方だけで、配管工事は通常のペースで進んでいるらしい。

三週間から一ヵ月を工期の目処に、交替制で工事をしていると聞いている。

魔物に対する警備には、意外にも海王《シーロード》とレヴィがローテーションを組んで行っていた。

レヴィは苦手を克服する良い機会だからと、自ら手を挙げたとか。

僕とセル鯨についてこられなかったのが結構ショックだったのかなあ。

「では、脱衣所はあちらですぞ」

巴が指差す方に、かなり大きな脱衣所の建物がある。

混浴、かあ。

まあ、識も一緒だし、覚悟を決めるしかないよねえ。

「分かった。じゃ、識、行こ――――!」

「若様ー!」

僕が足を踏み出したまさにその時、何故か脱衣所の方からタオルしか装備していない澪が!

「ぶっ⁉　澪⁉」

浴衣！

浴衣はどうした！

「まだ着替えていらっしゃいませんの？　識も？　お前はもうここで脱ぎなさい」

「いや、それは少し……。すぐに着替えて参りますので」

「み、澪。ゆ、浴衣あっただろう？　浴衣は？」

「いりません。今日は沢山お湯に浸かるつもりなので、毎回脱いだり着たりは面倒ですから、タオルで済ませる事にしました」

いりません、って貴方。

どストレートにも程があるでしょうよ。

「せ、せめて巻いて。腕に掛けてるだけじゃん、それ」

澪が動く度に、ちらちらと裸が窺える。

まさに申し訳程度のタオル。

なんて破壊力――いや、防御力のなさだ。

「？　だって湯の中にはタオルや手拭《てぬぐ》いは入れないのがマナーですよね。巴さんからそう聞きましたけど」

視線を向けられた巴が、自信たっぷりに頷く。

「うむ！　澪、それで正しいぞ」

なんて事だ。

とにかく面倒臭さの排除が第一になっているじゃないか。

そうなると、男なんて常にマッパでいいじゃないかって話になりかねない。

こういう場所で、しかも混浴なんだから、男も女も水着着用が望ましいと思うんだけど。

「でしょう？　温泉は勉強しました。さ、若様。お早く」

「あ、ああ」

まずいな。

浴衣姿の巴も結構無防備な感じだったけど、澪は無防備を通り越してもはや漢《おとこ》らしいくらいだ。

あのスタイルと見た目でコレをされると、正直目のやり場に困る。

いっそ目隠しでもするか。

界があればとりあえず困らないだろうし……。

普段は湯冷めとか、のぼせるとかしないけど、正直、今日は自信ないぞ……。

そんな事を危惧しながら、識と二人で脱衣所に入る。

「これはまた……広いな」

「ハイランドオークや海王《シーロード》の者らも不自由なく使えるように造ったと聞いていましたが……確かに」

天井も凄く高いし、広々としている。

入ってすぐ左手には、何故か冷気を放つ桶があり、中を覗いてみると、黄味がかった液体が入った瓶が沢山入っていた。

……フルーツ牛乳か！

分からん。

巴が本当はどこを目指してこの施設を作ったのか、全く分からん。

少なくとも江戸の湯治場だけじゃないのは確かだ。

混浴以外、どこに昔の湯治場っぽい雰囲気があるというのか。

いや、これだけ広いんだから、探せば鄙《ひな》びた湯もある——かもしれない。

「ま、適当に空いている所を使おう」

出てすぐのが便利だから入り口付近がいいか。

などと、沢山《たくさん》ある中から使う脱衣籠を物色していると、通路の先を識が指差した。

「いえ。若様、あれを」

識が指し示した先を目で追う。

「ん？」

……。

おいおい。

暖簾《のれん》に何か書いてあるぞ。

「〝若、識〟って……僕らはあそこを使えって事？」

「ですな。参りましょう」

どうして脱衣所まで分けなきゃいけないんだか。

苦笑しながら暖簾をくぐって、コートを脱ぐ。

腰のベルトも緩《ゆる》めながら奥に進むと……。

「中で更に僕と識が分かれているのね。まったく、妙な拘りだな。この分だと、巴と澪にもそれぞれ個室の脱衣所があるのか？」

なんたるＶＩＰ仕様。

「とにかく、すぐに着替えて参ります。お二方をあの格好でお待たせするのは心苦しいですから」

「分かった」

識と分かれる。

しっかし……。

脱衣所というか、本当に部屋だ。

上半身裸になりながら呆れる。

空調は外以上に管理されていて快適そのもの。

テーブルにベッドにソファまである。

飲み物も何種類か置いてある。

なんか凄い。

僕ならこれだけのスペースがあれば生活できるな、ホントに。

男なんて、脱ぐだけなら何分もかかるもんじゃないから、当然すぐに準備はできる。

脱いでタオルを腰に巻くだけだもんな。

予備のタオルを一枚肩にかけて、暖簾をくぐる。

「識、行けるかー？」

識はまだいなかったので、呼んでみた。

「はい、ただいま」

「……識、それ何？」

出てきた識は、普通なら腰に巻くだろうタオルを、長い髪を持ち上げてまとめるのに使っていた。

美容院とかで洗髪の後やってもらうような感じだ。

そして下はマッパである。

堂々たるものだ。

「なんと申されましても……どこかおかしいですか？」

「……もう一枚タオル持っておいで。で、腰に巻こう」

「おお、タオルは湯の中に髪が入るのを避けるためのものだと思っておりました。腰にも巻くのが

「温泉スタイルでしたか。では」

識はそう言って、いそいそとタオルを取りに戻る。

そっか。

湯舟に髪が入る心配をするほど伸ばした事なんてなかったから、気付かなかった。

識の気遣《きづか》いも間違ってないように思えるな。

それに、身内しかいないんだから、腰を隠す必要も別に……。

でも、つけていてもいいよな。

なんだかんだ言っても、恥ずかしいものは恥ずかしいし。

戻ってきた識と一緒に外に出て、待っていた巴と澪に合流した。

「お待たせ」

「若様、最初はやっぱりヒノキのお風呂ですよね？　若様はヒノキの香りがするお風呂が好きだって、以前仰ってましたから」

「そうだね。あるなら最初はヒノキ風呂に行ってみたいな」

「では、こちらですぞ！」

まだ風呂に入ってもいないのに、既に目のやり場に困りながら。

僕の異世界初温泉が幕を開けた。

◇◆◇◆◇

「これは、素晴らしいですなあ。肉体や精神の疲労が湯の中に溶け出していって、代わりに穏やかな気持ちが入り込んでくるような……。実に……良い」

識は首まで湯に浸かって、温泉を堪能していた。

目じりも下がり、口元には自然な笑みが浮かんでいる。

体を伸ばして本当に気持ちよさそうだ。

熱すぎず、ぬるすぎず。

多分四十度くらいじゃないかな。

「疲労回復、肩こりにも効くんじゃぞ。ついでにストレスも吹っ飛ぶ。まさに健康増進の湯じゃな！」

巴は自信満々で識に効能を説明しながら、温泉を楽しんでいる。

「ただ湯に浸かるだけではないと思っておりましたが、これほどとは。脱帽《だつぼう》です、巴殿。この木、ヒノキでしたか。これも良いですなあ……。実に落ち着く香りです」

「うむ！　若から話は聞いていたとはいえ、実際湯を張ってこうして入ってみると、その良さが分かる。濡れると滑《すべ》りやすくなるのが難点じゃったが、それもきっちり対処したからのう」

確かに、ヒノキ風呂は良い。

こんなに良いものだったんだなあって、改めて思っている。

巴が言った通り、足元が滑りそうで実は気にしていたんだけど、それも杞憂《きゆう》だった。

どういう加工をしたのか、全然滑らない。ただ、ヒノキの良い香りが立ち込めている。

湯舟の中はまた別の加工をしてあるのか、こちらもざらついたような感触はまるでなくて、ただただ気持ちが良い。

「……」

しかし……。

両脇に巴と澪がいるのでかなり居心地が悪い。

パーソナルスペースってなんですかって聞きたくなるくらい、至近距離に二人がいる。

識は僕の正面で幸せそうだ。

そして僕の両側で巴と澪がまったりしている、というわけで……。

正直、身動きするだけで緊張する。

色々言いたい事はあるんだけど、上手く言葉にならない。

「……ここのお湯は、透明なんだな」

色がついている温泉も結構多い。

掘り当てた時は流石にそこまで確認してなかったけど、ここは無色透明みたいだ。

「いえ、若干乳白色ですが、こうして湯を張っても少しだけ濁《にご》る程度の薄い色のようですな。別の場所にある立ち湯では、もう少し色が濁りますぞ」

巴が答えてくれた。

立ち湯っていうのは聞いた事がないけど……名前から想像すると、立ったまま入る風呂なんだろうな。深いプールみたいなものか。

「そっか」

「若、この二年、色々ありはしましたが、こうやってのんびりと過ごす時間は……殊《こと》の外《ほか》幸せですなあ」

普段なかなか見せない穏やかな笑顔と優しい目で、巴が言った。

二年という時間を他人の口から聞くと、長い時間のようで、でも振り返ると凄く短かったように思える。

「うん。たまには、こんな日があるのもいいな。いつもありがとう、みんな」

「何を仰いますか。儂は幸せと申したのです。だから、礼などは不要ですよ、若」

まっすぐに見られると、やっぱり気恥ずかしい。

肌が触れる距離だしな。

それに……浮いてるしな。

流石に年頃になってからは姉さんや妹の真理と一緒に風呂なんて入った事はなかったから、知らなかったけど。

女性の胸って大きいと浮くのか……。

頭に血が上ってくるのを感じる。

動こうにも両サイドを固められていて、どうにもだし……こりゃあ、のぼせるのは確定かもなあ。

「そうです。お礼なら私達の方が申し上げたいと、常々思っていたですから。若様に会えてから、沢山の得難い経験ができました。美味しいものも、楽しい事も、全部。だから、ありがとうございますは、私から言わせてくださいませ、若様」

澪の頭が僕の肩に当たる。

のぼせそうだったから、少し浅めに入っていた僕の肩に、澪が頭を乗せてきたのだ。

おおおおお。

このままだと色々まずい！

「う、うん。じゃ、ちょっと髪でも洗ってくるよ。洗い忘れてたから。二人はゆっくり――」

脱出用に残しておいた最後のカードを切った僕は、なんとか立ち上がる。

しかし――

「では、改めてお背中など流しましょうかな。一の従者としましては、是非」

「な、なら！　私は前を綺麗にします！」

巴も澪も勘弁してくれなかった。

巴には背中を流すカードを切られてしまった。

澪には最初から何も通用しなかった。

前ってなんだ。

「あ」

湯舟の縁《へり》に置いてあったタオルを手にした澪の姿が視界一杯に映り、思わず間抜けな声を出してしまった。

だって、ダイレクトだよ？　仕方がないよ。

一糸《いっし》纏《まと》わず湯に濡れた澪の体は……。

今日ほど、異世界に来てばっちり回復した自分の視力を恨めしく思った事はない。

やばいと思って後ずさった僕の背に、柔らかな感触。

「大丈夫ですかな、若」

巴だった。

ああ、もう駄目だ……。

「……ふぅぉ」

自分でも出した事のない謎の弱々しい声を発して。

全身から力が抜ける。

ついでに、意識も遠くに飛んでいった。

識、なんでお前は普通に風呂を楽しめるんだよ……。

◇◆◇◆◇

「ちと悪ふざけが過ぎたか。ふふ、初々《ういうい》しい方じゃ」

真専用の脱衣所――という名前の部屋に、従者が三人揃ってベッドで赤い顔をしている真を囲んでいた。

といっても、澪はベッドの傍にある椅子に腰掛け、真をうちわで扇《あお》いでいる。

そして巴と識が澪の横で立ったまま話している形だった。

「……私は全然ふざけていませんでしたけど。凄く、楽しかったです」

「じゃな。儂も楽しかった。若に言った事も全部本音じゃしな。ふざけたのは背中を流すくだりだけじゃや。しかし澪、〝前を綺麗にする〟が悪ノリじゃないのは、ちょっと驚きじゃぞ」

「う……だって」

言葉に詰まる澪に代わって、識が巴に尋ねる。

「しかし、若様がここまで混浴を意識されているとは思いませんでした。向こうの世界では普通の習慣なのでは？」

「……若の生まれるずっと前の時代まではな。年頃の男女は、温泉でもあまり混浴はせんようじゃ」

「なるほど……ですが、それでも私には意外でしたね。若様のこのようなお姿は」

「ほう、どうしてそう思うんじゃ、識？」

「……常々、若様が私達に言っているように、本当に家族や仲間としてだけ意識しているのなら、あそこまで慌てたり、こんな風にのぼせたりはしないでしょうからね」

「……ふむ」

「もちろん、若様の言葉に嘘はないでしょう。ただ、巴殿と澪殿に対して、若様は……」

識はそこで言葉を止めた。

言おうか言うまいか、悩んでいるようだ。

「なんです、識。言いかけたならちゃんと最後まで言いなさい。気持ち悪いじゃないですか」

「ええ。そうですね」

澪の言葉で決心したのか、識は頷いた。

「きっと若様は巴殿や澪殿を、異性としてもちゃんと意識されているんだなと。そう思いました」

「……ほう」

「……え」

「家族のように濃く、しかし同時に異性でもある。若様も戸惑ったのかもしれませんね」

識が苦笑する。

共存できないはずの認識が同時に存在するのは、想像するだけでも厄介で、真の心中を察すると、識はただ苦笑するしかなかった。

「それが本当なら、嬉しい事じゃな」

「若様が……私を……」

一方、識の仮説を聞いた二人はそれぞれの反応を示した。

巴は飄々《ひょうひょう》と、澪は真っ赤になってぶつぶつと何事か呟いている。

「さて、澪。若がお目覚めになったら教えてくれ。儂は温泉を他の者にも解放してくる。楽しみに待っておる者が大勢おるからな。好評なら年間フリーパスを二両——いや、気分が良いから一両で発行してやるかのう」

亜空でだけ通用する通貨の事を口にしながら歩き出した巴を、識が呼び止めた。

「あ、巴殿。若様にリュカの書物にあった〝あの件〟を話すのは……」

「夕食後でよかろう。第一、風呂に入ってすぐに、汚れるかもしれん事をするのはご免じゃろ」

「……ですね。では、後ほど」

「うむ」

「若様が……本当に……？」

巴が出て行ってもなお、澪は自分の世界に行ったまま帰ってこない。

うちわで扇ぎながら、幸せそうに真を見つめ続けたのだった。

この日、亜空の住人は温泉を知り、それは大いに好評を得た。

だが、一番幸せを味わったのは、澪と……巴だったのかもしれない。

Tsuki ga michibiku isekai douchu.
月が導く異世界道中
原作 あずみ圭
漫画 木野コトラ
1～10
TVアニメ
第二期制作中!!
シリーズ累計 260万部突破!
(電子含む)
とことん 不運、されど チート!!
薄幸系主人公の異世界放浪記
主人公・深澄真は両親の都合で、不運にも異世界へと召喚される。しかもその世界の女神に「顔が不細工」と罵られ、問答無用で最果ての荒野に送り込まれてしまう。人の温もりを求めて荒野をさまよう真だが……。
●B6判 ●各定価:748円(10%税込)
Webにて好評連載中!
アルファポリス 漫画
検索
月が導く異世界道中
あずみ圭
木野コトラ
10
シリーズ累計 2,600,000部
TVアニメ
第二期制作中!!
大人気御礼! 薄幸系主人公の異世界放浪記
コミックス好評発売中

ネットで話題沸騰！
アルファポリスWeb漫画
面白い漫画が毎日読める!!
アルファポリス COMIC
原作 柳内たくみ 漫画 竿尾悟
ゲート GATE
自衛隊 彼の地にて、斯く戦えり
原作 あずみ圭 漫画 木野コトラ
月が導く異世界道中
原作：秋川滝美
漫画：しわすだ
居酒屋ぼったくり
原作 雪華慧太 漫画 トモリマル
Tsuiho Ouji no Eiyu Mon!
追放王子の英雄紋！
〜追い出された元第六王子は、実は史上最強の英雄でした〜
原作 小狐丸 漫画 小滝カイ
不死王はスローライフを希望します
原作 藤森フクロウ 漫画 村松麻由
余りモノ異世界人の自由生活
勇者じゃないので勝手にやらせてもらいます
人気連載陣
● THE NEW GATE
● 素材採取家の異世界旅行記
● 異世界ゆるり紀行 〜子育てしながら冒険者します〜
● いずれ最強の錬金術師?
● 追い出された万能職に新しい人生が始まりました
● 勘違いの工房主
● 装備製作系チートで異世界を自由に生きていきます
and more...
原作 椎名ほわほわ
漫画 六堂秀哉
とあるおっさんのVRMMO活動記
漫画：小早川ハルヨシ
Re:MONSTER リ・モンスター
選りすぐりのWeb漫画が
無料で読み放題！
今すぐアクセス！ ▶ アルファポリス 漫画 検索
アルファポリスアプリ
スマホでも漫画が読める！
App Store/Google play でダウンロード！

大人気怪物転生ファンタジー、新シリーズ！
Re:Monster
リ・モンスター
暗黒大陸編
THE DARK CONTINENT
1〜3
金斬児狐
Kanekiru Kogitsune
シリーズ累計
133万部
（電子含む）
突破！
最弱ゴブリンから最強黒鬼——そして
新世界の伝説へ！
Re:Monster
暗黒大陸編
リ・モンスター
1
金斬児狐
1〜3巻好評発売中！
◎各定価:1320円（10%税込）
◎illustration:NAJI柳田
最弱ゴブリンの下克上物語・大好評発売中！
Re:Monster
リ・モンスター
金斬児狐
転生したのはまさかの最弱ゴブリン!?
【小説】
1〜9巻／外伝／8・5巻
◎各定価：1320円（10%税込）
◎illustration：ヤマーダ
Re:Monster
リ・モンスター
1
最弱ゴブリン!?
異世界下克上
サバイバルファンタジー
累計23万部突破!!
待望のコミカライズ!!
【漫画】
1〜8巻（以下続刊）
◎各定価：748円（10%税込）
◎漫画：小早川ハルヨシ

強くてニューサーガ
NEW SAGA
阿部正行
Abe Masayuki
1~10
累計
75万部
突破！
(電子含む)
魔王討伐!!!…と思いきや
強くてニューゲーム!?
待望の
コミカライズ！
1~9巻発売中！

この作品に対する皆様のご意見・ご感想をお待ちしております。

おハガキ・お手紙は以下の宛先にお送りください。

【宛先】

〒150-6008 東京都渋谷区恵比寿 4-20-3 恵比寿ｶﾞｰﾃﾞﾝﾌﾟﾚｲｽﾀﾜｰ 8F
（株）アルファポリス　書籍感想係

メールフォームでのご意見・ご感想は右のＱＲコードから、
あるいは以下のワードで検索をかけてください。

アルファポリス　書籍の感想　検索

ご感想はこちらから

本書は Web サイト「アルファポリス」（https://www.alphapolis.co.jp/）に投稿されたものを改稿のうえ、書籍化したものです。

月《つき》が導《みちび》く異《い》世《せ》界《かい》道《どう》中《ちゅう》 15

あずみ圭（あずみけい）

2020年 10月 30日初版発行
2022年　7月　1日２刷発行
編集－仙波邦彦・宮坂剛
編集長－太田鉄平
発行者－梶本雄介
発行所－株式会社アルファポリス
〒150-6008 東京都渋谷区恵比寿4-20-3 恵比寿ｶﾞｰﾃﾞﾝﾌﾟﾚｲｽﾀﾜｰ-8F
TEL 03-6277-1601（営業）　03-6277-1602（編集）
URL https://www.alphapolis.co.jp/
発売元－株式会社星雲社(共同出版社・流通責任出版社)
〒112-0005東京都文京区水道1-3-30
TEL 03-3868-3275
装丁・本文イラスト－マツモトミツアキ
地図イラスト－サワダサワコ
装丁デザイン－ansyyqdesign
印刷－中央精版印刷株式会社

価格はカバーに表示されてあります。

落丁乱丁の場合はアルファポリスまでご連絡ください。

送料は小社負担でお取り替えします。


ISBN978-4-434-24921-1 C0093